走进西域丛书

从长安到天山

丝绸之路访唐诗

From Chang'an to Tianshan Mountains

薛天纬 著

北京大学出版社
PEKING UNIVERSITY PRESS

图书在版编目（CIP）数据

从长安到天山：丝绸之路访唐诗/薛天纬著.—北京：北京大学出版社，2020.9
（走进西域丛书）
ISBN 978-7-301-25539-1

Ⅰ.①从⋯　Ⅱ.①薛⋯　Ⅲ.①唐诗－诗歌欣赏　Ⅳ.①I207.227.42

中国版本图书馆 CIP 数据核字（2020）第 088317 号

国家社科基金重大项目"唐代到北宋丝绸之路上的驿站、
寺庙、重要古迹与文人活动、文学创作"子课题
新疆师范大学西域文史研究中心"丝绸之路与唐诗"项目

书　　　　名	从长安到天山：丝绸之路访唐诗 CONG CHANG'AN DAO TIANSHAN: SICHOU ZHI LU FANG TANGSHI
著作责任者	薛天纬 著
责任编辑	徐 迈
标准书号	ISBN 978-7-301-25539-1
出版发行	北京大学出版社
地　　　　址	北京市海淀区成府路 205 号　100871
网　　　　址	http://www.pup.cn　新浪微博@北京大学出版社
电子邮箱	编辑部 wsz@pup.cn　总编室 zpup@pup.cn
电　　　　话	邮购部 010-62752015　发行部 010-62750672 编辑部 010-62752022
印　刷　者	北京虎彩文化传播有限公司
经　销　者	新华书店
	650 毫米×980 毫米　32 开本　8.125 印张　彩插 14 页　173 千字 2020 年 9 月第 1 版　2025 年 5 月第 3 次印刷
定　　　　价	58.00 元

未经许可，不得以任何方式复制或抄袭本书之部分或全部内容。
版权所有，侵权必究
举报电话：010-62752024　电子邮箱：fd@pup.cn
图书如有印装质量问题，请与出版部联系，电话：010-62756370

张掖南面的祁连山

玉门关小方盘城

去往阳关的公路上流沙如水

烽燧下遥望阳关镇

作者与大河古城的少年守护者

交河城下黄昏

雄伟的交河城堡

高昌故城遗址外的玄奘像

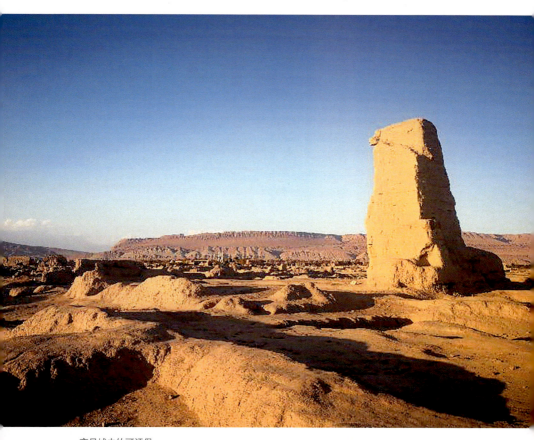
高昌城内的可汗堡

俯瞰北庭故城（中国社会科学院考古研究所研究员郭物供图）

北庭故城内城北门

翻越天山路之琼达坂

飞越葱岭

西天山尽头

碎叶古城鸣枪致敬李白

伊塞克湖(热海)

伊塞克湖边遥望天山

开首语

亚欧大陆的辽阔土地上,有一条大道横贯东西,把中国的汉唐古都长安与中亚、西亚以至欧洲连接起来,因为最初通过这条大道运输的是中国的丝绸,所以称作"丝绸之路"。丝绸之路存在的历史,从汉武帝时代算起,已有2100多年。这是一条商贸之路,也是一条文化交流之路。以今人的眼光看,还是一条旅游之路。这条道路穿过一座座城邑关隘,穿过一道道山川河流和一片片荒野大漠,气象万千,风光无限。唐王朝的盛世是中国古代社会发展的黄金时代,政治空前开明,经济文化空前发展,社会空前文明,疆域空前辽阔,国力空前强大,丝绸之路上的景象也空前地繁盛。说到唐朝,人们自然会联想到唐诗。丝绸之路的起点长安,是"都城诗"的大本营,丝绸之路经过的地区则是盛产"边塞诗"的地方。当我们沿着丝绸之路去寻访唐诗的时候,中唐著名诗人张籍的一首《凉州词》首先奔来眼底:

从长安到天山

> 边城暮雨雁飞低，芦笋初生渐欲齐。无数铃声遥过碛，应驮白练到安西。

丝绸之路与唐诗如此地妙合无间，令人叫绝！什么是丝绸之路？答案就在诗句中，就在驮着白练向安西的驼蹄下。下面，就让我们随着运送丝绸的商队，伴着驼铃的声响，听着大雁的鸣叫，从长安出发，去寻访丝绸之路上的唐诗。

按照我的可行性设计，从西安起步，沿着丝绸之路西去，我将经过陕西、甘肃、新疆三个省区，并走出国境，一直到达吉尔吉斯斯坦。这一路，有些地方我从未到过，另一些地方则早已亲历，甚至相当熟悉。但我定下一条原则，要尽最大努力，把这条古老的丝绸之路尽可能完整地走一回，使写成的文字富有纪实性和新鲜感。这本小书可能在一定程度上具有游记的性质，然而，它又要将唐诗贯串其中，甚至会不期而然地或者说是习惯性地牵扯到一些学术问题。这样一来，它读起来可能不如纯游记那样有趣、那样有吸引力。这将是一本什么样的读物，在图书分类法中也许找不到它的准确位置。但我并不顾虑这个问题，我只按照与出版社编辑达成的意向，开始自己的旅行和写作历程。

起步伊始，我们还得说到一个重大事件：2014年6月22日，在卡塔尔多哈召开的联合国教科文组织第三十八届世界遗产委员会会议上，中国、哈萨克斯坦、吉尔吉斯斯坦三国联合申报"丝绸之路：长安—天山廊道的路网"世界遗产获得成功，这一文化遗产项目列入了《世界遗产名录》。这项遗产由 33 处遗址组成，其中有 22 处在中国。我的实地考察不可能涉及这些遗址的全部，我将亲历并在这本小书中写到的，是唐长安城大明宫遗址、大雁塔、麦积山石窟、玉门关遗址、交河故城、高昌故城、北庭故城、克孜尔尕哈烽燧，以及吉尔吉斯斯坦的碎叶城（阿克·贝希姆遗址）。

目录

一 西安（一）

万井惊画出，九衢如弦直
　　　　　唐代的长安城（002）

九天阊阖开宫殿，万国衣冠拜冕旒
　　　　　大明宫（011）

名花倾国两相欢，长得君王带笑看
　　　　　兴庆宫（018）

四角碍白日，七层摩苍穹
　　　　　大雁塔（024）

春风得意马蹄疾，一日看尽长安花
　　　　　大唐芙蓉园（030）

曲江千顷秋波静，平铺红云盖明镜
　　　　　曲江池（040）

二 西安（二）

骊宫高处入青云，仙乐风飘处处闻
　　　　　　　　　　　华清宫（047）

五陵年少金市东，银鞍白马度春风
　　　　　　　　　　　西　市（055）

白云回望合，青霭入看无
　　　　　　　　　　　终南山（059）

安得广厦千万间，大庇天下寒士俱欢颜
　　　　　　　　　　　杜公祠（066）

夕阳无限好，只是近黄昏
　　　　　　　　　　　乐游原与青龙寺（071）

渭城朝雨浥轻尘，客舍青青柳色新
　　　　　　　　　　　丝绸之路起点与渭城（075）

三 天水

迟回度陇怯，浩荡及关愁
　　　　　　　　　　　陇　山（081）

莽莽万重山，孤城石谷间
　　　　　　　　　　　秦州（天水郡）（084）

老树空庭得，清渠一邑传
　　　　　　　　　　　南郭寺（087）

亭亭凤凰台,北对西康州

　　　　　　　　同　谷（091）

乱水通人过,悬崖置屋牢

　　　　　　　　麦积山（096）

本家陇西人,先为汉边将

　　　　　　　　成　纪（100）

四　河西走廊

凉州七里十万家,胡人半解弹琵琶

　　　　　　　　凉州（武威郡）（105）

大漠孤烟直,长河落日圆

　　　　　　　　甘州（张掖郡）与居延（115）

葡萄美酒夜光杯,欲饮琵琶马上催

　　　　　　　　肃州（酒泉郡）（123）

重开千佛刹,旁出四天宫

　　　　　　　　沙州（敦煌郡）（128）

羌笛何须怨杨柳,春风不度玉门关

　　　　　　　　玉门关（134）

劝君更尽一杯酒,西出阳关无故人

　　　　　　　　阳　关（143）

五 哈密

三秋大漠冷溪山，八月严霜变草颜
　　　　　　　　　　伊州（伊吾郡）（150）

山路犹南属，河源自北流
　　　　　　　　　　蒲类津（155）

野昏边气合，烽迥戍烟通
　　　　　　　　　　大河古城与甘露川（158）

六 吐鲁番

白日登山望烽火，黄昏饮马傍交河
　　　　　　　　　　交　河（161）

赤焰烧虏云，炎氛蒸塞空
　　　　　　　　　　火焰山（168）

平沙际天极，但见黄云驱
　　　　　　　　　　高　昌（172）

七 吉木萨尔

忽如一夜春风来，千树万树梨花开
　　　　　　　　　　北　庭（182）

轮台东门送君去，去时雪满天山路
　　　　　　　　　　天山路（他地道）（192）

八 库尔勒与库车

关门一小吏,终日对石壁

铁门关(200)

为言地尽天还尽,行到安西更向西

龟 兹(205)

九 吉尔吉斯斯坦

乃知兵者是凶器,圣人不得已而用之

西天山与怛逻斯古战场(213)

胡风略地烧连山,碎叶孤城未下关

碎 叶(220)

侧闻阴山胡儿语,西头热海水如煮

热 海(228)

一　西安（一）

2016年5月7日，上午9点43分，我乘上G655次高铁，从北京西站出发，前往西安。下午3点39分，到达西安北站，全程用了近6个小时。一路上车厢里显示的列车时速，通常为300公里左右。与许多城市一样，西安也为高铁修建了专用站，西安北站便是这样一个崭新的车站。下车后，没有出站，而是直接换乘近年才开通的地铁2号线，前往市区。所以，我并没有看到地面上西安北站的面目，但可以想象它的富丽堂皇。西安北站是地铁起点站，坐在地铁上，想起往事，20世纪五六十年代之交的那几年，我在西安上大学，同班有来自北京的同学，他们经常说起，从北京到西安的火车正好走一个"对时"，即24小时。24小时缩短为不到6小时，车速的提高惊人，城市面貌的变化同样惊人。西安是我太熟悉、又充满亲切感的城市。我是陕西宜川人，1959年至1963年在西北大学中文系读本科，1978年至1981年又在西北大学读研究生，两度读书的时间加起来，我在西安生活了七八年之久。学生时代，精力旺盛，几乎看遍了西安的名胜古迹，甚至走遍了半个西安城的大街小巷。此后的岁月，也常来常往于这座城市。这次故地重游，几天来在大唐王朝的古都行走，惊讶于这些年出现的许多靓丽夺目的新景点，即便是那些著名的老景点也都换了新妆。我一方面要目击现实，另一方面又要追忆过去，甚至还要穿越时间隧道，使自己的想象尽量回溯到1300年前的唐朝。纪实与想象叠加，将贯穿我以西安为起点的全部行程和我即将写下的全部文字。

西安作为唐代的都城，与唐诗的关系实在太多、太密切。行走在西安，几乎步步都能遇到唐诗。以下分为十二个题目，选取了十二个切入点，对于展现"唐诗与长安"这个话题来说，只能尝鼎一脔。然而即使写得再多，也总是要留下不足和遗憾。读者朋友只有亲自到古都西安，才能比较充分地领略那里唐代历史与文化遗存的风貌，体会那里流荡至今的浓郁的唐诗诗意。

万井惊画出，九衢如弦直

唐代的长安城

西安是汉唐古都。作为国都，西汉时叫长安，唐代在不同时期有京城、西京、中京、上都各种叫法，大多数时间是称西京（见《新唐书·地理志》）。但一个有趣的现象是，这座城市在唐诗中出现时，总被称作"长安"，而很少使用她的正规名称"西京"。唐代的"长安"，事实上只是京兆府的属县之一，其位置相当于今西安市南

一　西安（一）

部的长安区。当我模糊地意识到这个现象时，随即通过《国学宝典》检索，结果是"西京"在《全唐诗》中仅出现50余次，而"长安"，根本不用查书，我们随口就能说出"长安一片月，万户捣衣声""长相思，在长安"（李白），"三月三日天气新，长安水边多丽人""李白斗酒诗百篇，长安市上酒家眠"（杜甫）等许多诗句。20世纪80年代初，西北大学中文系的老师们编过一本名为《唐代诗人咏长安》的诗选，只能是"咏长安"而不可能是"咏西京"。这个现象如何解释？是人们常说的"以汉代唐"，还是有更深层的原因？可留待讨论。眼下，我们仍跟着唐诗的作者们，用"长安"来称呼这座城市就是了。

西安城墙的西南城角

003

唐代的长安，规模宏大，气象宏伟。清徐松《唐两京城坊考》（中华书局1985年）附有中国社会科学院考古研究所提供的《唐长安城复原图》，读图可知，全城有纵横交错的东西大道14条、南北大道11条，把城市分隔成一个个整齐的坊里。位于城市北部而居中的，是宫城和皇城，面积约为长安城的九分之一。今天我们所看到的西安古城区，由修建于明代的城墙环成一座"围城"，恰恰相当于唐代的宫城和皇城。可惜一千多年前没有照相机，使后世之人不能直接看到唐都长安的真切面貌。所幸唐代诗人笔下纪实性的描写，能够使读者想象长安城的景象，感受长安城的氛围。唐代不愧为诗的时代，连皇帝都带头做起了诗人。唐太宗李世民作有《帝京篇十首》，第一首写道：

秦川雄帝宅，函谷壮皇居。绮殿千寻起，离宫百雉余。连甍遥接汉，飞观迥凌虚。云日隐层阙，风烟出绮疏。

长安雄踞于开阔的秦川，雄伟的函谷关是它的东大门。这里有数不清的宫殿群，遮天蔽日，上凌霄汉，气象万千。这些诗句突出了长安宫阙的高大，这其实体现了诗人身处"九五之尊"而君临天下的自豪感。

诗人们也都自觉担当起了为国家唱颂歌的责任。太宗皇帝有《帝京篇十首》，诗人骆宾王也有《帝京篇》，这是一首七言歌行大篇，试读其开头一段：

一 西安(一)

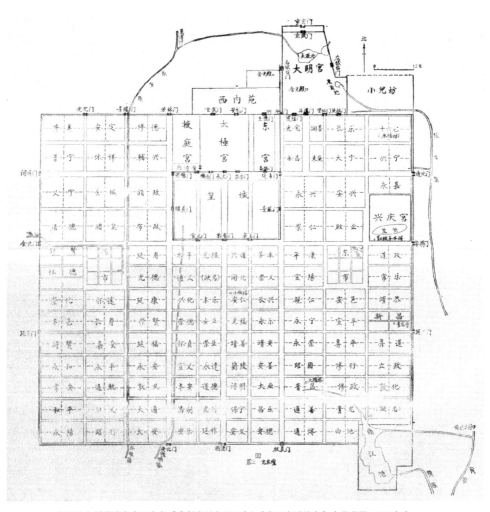

中国社会科学院考古研究所《唐长安城复原图》(《唐两京城坊考》中华书局 1985 年)

> 山河千里国,城阙九重门。不睹皇居壮,安知天子尊。皇居帝里崤函谷,鹑野龙山侯甸服。五纬连影集星躔,八水分流横地轴。秦塞重关一百二,汉家离宫三十六。桂殿嶔岑对玉楼,椒房窈窕连金屋。三条九陌丽城隈,万户千门平旦开。复道斜通鸸鹊观,交衢直指凤皇台。剑履南宫入,簪缨北阙来。声名冠寰宇,文物象昭回。

诗写了长安城的地理山川、历史人文,重点如唐太宗《帝京篇十首》一样,也是写大唐国都长安的宫殿群。诗人用了一种"大写意"的手法,诗笔横扫而过,便展现了长安城的宏伟气象。

与骆宾王同时代的卢照邻,也写有七言歌行大篇《长安古意》。试读其两个片断:

> 长安大道连狭斜,青牛白马七香车。玉辇纵横过主第,金鞭络绎向侯家。龙衔宝盖承朝日,凤吐流苏带晚霞。百丈游丝争绕树,一群娇鸟共啼花。啼花戏蝶千门侧,碧树银台万种色。复道交窗作合欢,双阙连甍垂凤翼。梁家画阁天中起,汉帝金茎云外直。

> 北堂夜夜人如月,南陌朝朝骑似云。南陌北堂连北里,五剧三条控三市。弱柳青槐拂地垂,佳气红尘暗天起。

一　西安（一）

西安的护城河

与骆宾王《帝京篇》不同，卢照邻是用"工笔"手法，选取了有代表性的景点作充分细致的描写。第一个片断取景为豪贵之家，第二个片断取景为长安娼家集中的地方平康里。诗中所展现的，是长安城的繁华与享受。

盛唐时代的大诗人李白写有一首乐府诗《君子有所思行》，更为我们展现了长安城的全景：

紫阁连终南，青冥天倪色。凭崖望咸阳，宫阙罗北极。万井惊画出，九衢如弦直。渭水银河清，横天流不息。朝野盛文物，衣冠何翕赩。厩马散连山，军容威绝域。伊皋运元化，卫霍输筋力。歌钟乐未休，荣去老还逼。圆光过满缺，太阳移中昃。不散东海金，何争西辉匿？无作牛山悲，恻怆泪沾臆。

终南山属秦岭山脉，绵延于长安城正南，《元和郡县图志》记其在长安城南五十里（唐里），紫阁是终南山的一座峰头。李白登上紫阁峰，回转身来，背倚山崖，以鸟瞰的角度向北方眺望，看到了壮丽无比的长安城：朝廷宫殿群雄踞于城市北部，整个城市一条条大道纵横相交，像弓弦一样笔直，把长安城分割成一个个"井"字。这些"井"字多得数不过来，规整得像一幅画。面对这幅巨画，诗人感到了心灵的强烈震撼！目光再向远处延伸，他看到了横在北方天际的渭河，闪耀着银河一样的波光。那时的空气没有任何污染，也没有现在碍眼的高层建筑，晴空下的视野极其辽阔。诗人李白手

含光门全景

一　西安（一）

里如同举着一台摄像机，为我们摄下了"万井惊画出，九衢如弦直"的长安全景图。"盛唐气象"何在？就在李白笔下，就在我们眼前！接下来，诗又歌颂了朝廷的文治武功，结尾则是对乐府旧题传统题旨的回应。在其另一首晚年所作题为《峨眉山月歌送蜀僧晏入中京》（李白这次倒是以当时的正规名称"中京"来称呼长安）的诗中，李白又写下过"长安大道横九天"这样大气的诗句，只要回忆起长安，他就会激动不已。

20世纪五六十年代之交，我在西安读大学时，看到的城墙被挖开若干豁口，以便通行。西北大学位于城墙之外的"西南城角"（公共汽车站名），我们步行进城，从南城墙的甜水井豁口进入，走过甜水井街、南四府街，到南院门的古旧书店，每次都要进去寻觅一番，再经南大街或西大街，就到了市中心的钟楼。钟楼东北角有1959年建成的邮电大楼，我们会去邮局买一份俄文的《真理报》

唐代含光门门道遗址

或《文学报》。这些年,西安城墙填补缺口,已经完全修复贯通,周长13.74公里,游人可以在城墙上骑自行车环绕一周。城墙下面是迤逦不绝的环城公园,护城河水波荡漾,两岸绿树成荫,亭台楼阁点缀其间,构成了全国大城市中绝无仅有的一道环城风景线,也成了市民们休闲娱乐的好地方。原来的甜水井豁口,不但恢复了唐代的名字含光门,而且在明清西安城墙的墙体内,发现了唐代皇城的含光门遗址,于是建起了遗址博物馆,"走进城墙,走进历史",博物馆解说词的8个字,恰切地揭示了这座古老城门在当今时代的价值。

一　西安（一）

九天阊阖开宫殿，万国衣冠拜冕旒

大明宫

唐王朝有太极宫、大明宫、兴庆宫三个宫殿群，其中大明宫最为宏伟壮丽，作为朝廷政治中心的时间也最长。大明宫自唐太宗贞观八年（634）开始建设，唐高宗龙朔三年（663）工程尚未完全竣工之际，高宗便已迁居此宫。大明宫遗址位于西安城区东北部高敞的龙首原上。《唐两京城坊考》记载，"其城南北五里，东西三里"，大明宫国家遗址公园的资料显示其占地面积约 3.5 平方公里，相当于北京故宫的四倍半。大明宫遗址是 1961 年国务院首批公布的全国重点文物保护单位。2014 年唐长安城大明宫遗址列入《世界遗产名录》。

寻访大明宫遗址，涉及一段旧事。我在西北大学读研究生期间，1979 年的一个冬日，与同窗李云逸君冒着凛冽的寒风，骑自行车去探看大明宫遗址。遗址位于西安人所说的"道北"，即火车站以北地区，当年是贫民聚居的地方，道路曲折坎坷，自行车在土路上颠簸，费了很大力气才到达目的地。遗址用铁丝网圈着，看守铁栅栏门的是一位老人。问清来意后，守门老人说："这地方是只给搞研究的人看的，你们既然来了，就进去看看吧！"令我们这两个唐代文学的研究生听了忍俊不禁。那时我们没有照相机，只在记忆中留下一片空旷荒凉的野地，露天里整齐地排列着一行行柱础。这里其实是大明宫的南大门，即丹凤门遗址。三十多年后，我故地重游，那里已经建成"大明宫国家遗址公园"。进入景区，眼前兀然耸立着宏伟的丹凤门。跟随讲解员登上门楼,里面十分宏敞,游人倚着围栏,居高临下,看到一个个加了透明保护盖的方形墩台,原来就是当年我们看到的柱础。然而,被当年的记忆误导,我以为这就算又一次看到了大明宫的面貌,在不够明亮的光线下拍了几张照片,便匆匆结束了这次参观。事后才知道,我所到丹凤门仅是遗址公园的南门,根本没有走进园内。于是,离开西安前不得不又去补了一次课。

丹凤门是目下唯一恢复重建的大明宫建筑物。站在这里向北望去,隔着宽阔的御道广场,目力尽处,望见一道城墙似的高台,这是含元殿遗址。发掘报告(见《考古学报》1997年第3期)称,

丹凤门柱础遗址

一 西安（一）

重建的丹凤门

殿阶基东西长74.8米，南北宽41.3米。又据《唐两京城坊考》记载，含元殿台基高于平地四丈，左右砌盘道，谓之"龙尾道"，"七转上至朝堂，分为三层，上层高二丈，中、下层各高五尺"。想想看，这些高度叠加起来，矗立在眼前的是一座多么宏伟壮观的宫殿！

含元殿是"大朝会"之所，当皇帝登上朝堂的时候，中书、门下两省的朝官们奉立左右，谓之"蛾眉班"。乾元元年（758）的一个春日，早朝时，中书舍人贾至即兴写了一首七律，分发同僚共享：

银烛朝天紫陌长，禁城春色晓苍苍。千条弱柳垂青琐，百啭流莺绕建章。剑佩声随玉墀步，衣冠身惹御炉香。共沐恩波凤池里,朝朝染翰侍君王。

——《早朝大明宫呈两省僚友》

于是,同僚诗人们纷纷以奉和此诗为题,献上唱和之作。王维的和诗是《和贾舍人早朝大明宫之作》:

绛帻鸡人送晓筹,尚衣方进翠云裘。九天阊阖开宫殿,万国衣冠拜冕旒。日色才临仙掌动,香烟欲傍衮龙浮。朝罢须裁五色诏,佩声归向凤池头。

杜甫的和诗是《奉和贾至舍人早朝大明宫》:

含元殿遗址

> 五夜漏声催晓箭，九重春色醉仙桃。旌旂日暖龙蛇动，宫殿风微燕雀高。朝罢香烟携满袖，诗成珠玉在挥毫。欲知世掌丝纶美，池上于今有凤毛。

岑参的和诗是《奉和中书贾至舍人早朝大明宫》：

> 鸡鸣紫陌曙光寒，莺啭皇州春色阑。金阙晓钟开万户，玉阶仙仗拥千官。花迎剑佩星初落，柳拂旌旗露未干。独有凤凰池上客，《阳春》一曲和皆难。

这些诗篇无不典雅雍容，气象高华。由此还可以知道，当初诗人们互相唱和，只需围绕同一主题就行，并不需要"步韵"，这一点比后世自由得多。数年前，在一次关于王维的学术会议上，听到有位青年学者将杜甫诗句"宫殿风微燕雀高"与王维诗句"九天阊阖开宫殿，万国衣冠拜冕旒"作对比，认为王维诗句写出了大明宫的气象，而杜甫诗句只写"燕雀"，景物不免细小。这是因为没有体会到杜甫诗独到的艺术表现功力。须知在高大的建筑间，即使天朗气清，也会有微风吹拂，燕雀乘着微风的推送之力高翔于殿宇上空，观者仰望飞鸟，更能真切地感觉到殿堂高入云天的峥嵘气象。

含元殿后，沿着中轴线，依次是宣政殿和紫宸殿，更北部的中心是太液池。宫内分布着众多的楼台殿宇，构成宏大无比的建筑

从长安到天山

大明宫微缩景观一隅

群,目下探明的殿台楼亭等遗址有 40 余处,游人能看到大福殿、三清殿等几处遗址的墩台。据资料介绍,为了遗址公园的建设,在占压遗址建筑 3.5 平方公里的范围内搬迁了 10 万居民,可以想见工程之浩大和耗资之巨。公园分为内、外两个景区,各有观光车。参观外景区,乘车环绕遗址一周,划出了大明宫的轮廓。内景区的开发比较充分,设置了一些标牌,指示出已经探明的宫殿位置。太液池蓄了一片水面,算是一定程度地恢复了原貌。内景区中心,有大明宫的微缩景观(其实也够宏大),游人环行观看一周,得半个小时。我站在微缩景观的"翰林院"前,想象当年李白在这里做翰林供奉的情景,又想起李白回忆他这段经历的诗句:"翰林秉笔回英盼,麟

一　西安（一）

翰林院遗址路标

阁峥嵘谁可见？承恩初入银台门，著书独在金銮殿。"（《赠从弟南平太守之遥二首》其一），恍惚间眼前似乎出现了诗仙李白的形象。银台门是进入翰林院之门。金銮殿在大明宫内，位置接近翰林院，皇帝常在那里召见翰林供奉，而不是如后世戏曲舞台上皇帝在金銮殿坐朝。真正的翰林院遗址，我并没有找到，只看到一个"翰林院"的路标。

据介绍，参观大明宫遗址公园即使乘观光车，一般也需要 2 个小时。我急匆匆地看下来，不知不觉 4 个小时就过去了。怀着意犹未尽的遗憾走出公园，回望一眼高大的丹凤门，立即赶往不远处的老"西安站"去乘坐开往北京的火车。

名花倾国两相欢,长得君王带笑看

兴庆宫

当年我在西安读大学时,西安市有三个较大的公园,革命公园、莲湖公园在城内,兴庆公园在城外。骑自行车沿着环城南路一直向东,过了南门与和平门,跨过环城东路的南端,进入咸宁路再东行一段,道旁梧桐树掩映下,南边是西安交通大学的校门,北边是兴庆公园。交通大学是1956年由上海迁来西安的,据说交大学生佩戴校徽就可以进兴庆公园而不用买门票,他们上自习就去公园,这让其他学校的大学生十分羡慕而嫉妒。当时兴庆公园建成不久,园内有沉香亭、花萼相辉楼、勤政务本楼等亭台楼阁,有广阔的湖

重建的沉香亭

一 西安（一）

面可以荡舟，是全市三个公园中最大也是风景最美的。直到现在，网上资料仍然称兴庆公园是西安市最大的城市公园，换句话说，这些年西安新建的多处规模更大的公园都是地处郊野了。

兴庆公园建在唐代兴庆宫遗址上。这次去看，大门口的牌匾已改为"兴庆宫公园"，多了一个"宫"字，与1300年前的唐代直接对接了。唐代长安有兴庆坊，玄宗即位前有府邸在此，即位后改名兴庆宫，大兴土木进行扩建。开元十六年（728）正月，兴庆宫建成，玄宗在此御朝听政，兴庆宫成为与太极宫、大明宫并列的三大宫殿群之一。相对于称作"西内""东内"的太极宫、大明宫，兴庆宫称作"南内"。玄宗经常在这里处理朝政，所以宫内设有为皇帝服务的翰林院（应该称"第二翰林院"）。兴庆宫也是玄宗与杨贵妃的日常起居之所。

关于兴庆宫的故事，最美妙动人的莫过于诗人李白奉命写作《清平调词三首》。据唐李濬《松窗录》记载："开元中，禁中初重（种）木芍药，即今牡丹也。得四本，红、紫、浅红、通白者，上因移植于兴庆池东沉香亭前。会花方繁开，上乘照夜白，太真妃以步辇从。诏特选梨园弟子中尤者，得乐十六部。李龟年以歌擅一时之名，手捧檀板，押众乐前，将歌之，上曰：'赏名花，对妃子，焉用旧乐词为！'遂命龟年持金花笺，宣赐李白，立进《清平调》辞三章。白欣然承旨，犹苦宿醒未解，因援笔赋之……龟年遽以辞进。上命梨园弟子约略调抚丝竹，遂促龟年以歌。太真妃持玻璃七宝盏，酌西凉州蒲桃酒，笑领歌，意甚厚。上因调玉笛以倚曲。每曲遍将换，则迟其声以媚之。太真饮罢，敛绣巾重拜上。……上自是顾李翰林尤异于他学士。"(《太平广记》卷二百四引)词如下：

> 云想衣裳花想容，春风拂槛露华浓。若非群玉山头见，会向瑶台月下逢。
>
> 一枝红艳露凝香，云雨巫山枉断肠。借问汉宫谁得似？可怜飞燕倚新妆。
>
> 名花倾国两相欢，长得君王带笑看。解释春风无限恨，沉香亭北倚阑干。

事情发生在天宝二年（743）春。李白于上年秋奉诏入朝，为翰林供奉，他的职责就是以诗歌才能为玄宗服务。这个故事记叙的，正是李白奉命写诗的情况。李白嗜酒，来到皇帝面前居然还带着前一天的醉意。好在玄宗并不介意，残醉也并不影响李白诗歌才能的发挥，写作这样的应景诗对他来说实在是小菜一碟，"援笔赋之"，三首华美流丽的《清平调词》立就。玄宗命令自己亲手调教的梨园弟子伴奏，堪称"天下第一男声歌唱家"的李龟年放声高歌，杨贵妃来了兴致，亲自领唱，连玄宗皇帝也情不自禁地吹起了玉笛。这是一幅多么美妙动人、欢悦和谐的场景！如果说大明宫的恢弘壮丽展示着唐王朝国威之盛，那么，兴庆宫中风流天子、绝代佳人以及天才诗人、歌坛霸主互动的这一台实景演唱会，则荟萃了

一　西安（一）

人间之美，展现着盛唐王朝的文化"软实力"。我们还得关注杨贵妃杯中端的是"西凉州蒲桃酒"，这美酒正是沿着丝绸之路输送到长安，进入宫廷。一千多年后，这些美景变成了沉香亭中那些凝固了的浮雕。

唐玄宗与杨贵妃的故事固然不乏美丽的诗意，但也有尴尬的隐情。李商隐的《龙池》诗揭露了李杨故事的阴暗面：

> 龙池赐酒敞云屏，羯鼓声高众乐停。夜半宴归宫漏永，薛王沉醉寿王醒。

诗题"龙池"，在兴庆宫中，今公园内也有名叫龙池的湖。诗人虚构了一个戏剧性场面：玄宗皇帝在龙池为诸王赐酒宴乐，热闹非凡，直至夜半，此时薛王（玄宗弟李业之子）已醉意沉沉，而寿王（玄宗第十八子）却十分清醒，因为他有放不下的心事——原来杨贵妃本是寿王妃，却被玄宗夺去了！刘学锴、余恕诚评论道："末句醉醒对照，不特言外有事，亦言外寓情。所谓倾向是从场面情节中自然流露者，此殆为一显例。"（《李商隐诗歌集解》）

兴庆宫公园内还有日本人阿倍仲麻吕的纪念碑。唐代中日交往十分密切。开元初年，阿倍仲麻吕随遣唐使来到中国，慕中国之风而留之不去，改姓名为晁衡（或作朝衡），在朝廷中曾任左补阙、秘书监。《旧唐书》和《新唐书》的《东夷列传》中有他的传记。诗人王维、李白等都与他有交往。天宝十二载冬，晁衡随遣唐使归

从长安到天山

阿倍仲麻吕纪念碑

国,王维有诗相赠,题为《送秘书晁监还日本国》:

积水不可极,安知沧海东?九州何处远,万里若乘空。向国唯看日,归帆但信风。鳌身映天黑,鱼眼射波红。乡树扶桑外,主人孤岛中。别离方异域,音信若为通?

诗中想象海上行舟的景象是"鳌身映天黑,鱼眼射波红",相当恐怖。果然,船至琉球遇风,一直漂流到安南,同舟死者多人,而晁衡幸免于难。李白误以为晁衡已葬身大海,写了一首诗来悼念:

一　西安（一）

纪念碑上的李白《哭晁卿衡》诗

日本晁卿辞帝都，征帆一片绕蓬壶。明月不归沉碧海，白云愁色满苍梧。

　　这首题为《哭晁卿衡》的诗就刻在晁衡纪念碑的侧面。后来，晁衡又回到了长安。李白当时的眼泪虽然白流了，但因此而写下这首诗，却也是意外的收获。

四角碍白日，七层摩苍穹
大雁塔

　　西安有著名的大雁塔和小雁塔，都是唐代的塔，大雁塔更被视为西安市的城市标志。大雁塔位于慈恩寺内。寺是贞观二十二年（648）唐高宗做太子时为纪念其母文德皇后所建。后来为了玄奘翻译佛经的方便，永徽三年（652）又在寺内建了大雁塔，所以大雁塔又名慈恩寺塔。塔为四方形楼阁式，七层，通高64.5米，底层边长25.5米，外观坚实厚重，看上去有"风雨不动安如山"之感。塔内的楼梯盘旋而上，直达最高层。20世纪60年代初，我在西北大学读书时，站在图书馆四楼窗前（那时四层楼就是高层建筑了）向南眺望，先看到稍近处的小雁塔，更远处，巍峨的大雁塔背倚苍苍茫茫的终南山，屹立在城南的平野上，便有进入历史时空的感觉，思古幽情油然而生。

　　唐代，大雁塔是城南的地标，少不了诗人们登临吟咏。天宝

一 西安（一）

十一载（752）的一个秋日，高适、杜甫、岑参、储光羲、薛据曾一同登塔，各有诗作。薛据诗没有流传下来。岑参诗为《与高适薛据同登慈恩寺塔》：

> 塔势如涌出，孤高耸天宫。登临出世界，磴道盘虚空。突兀压神州，峥嵘如鬼工。四角碍白日，七层摩苍穹。下窥指高鸟，俯听闻惊风。连山若波涛，奔凑似朝东。青槐夹驰道，宫馆何玲珑。秋色从西来，苍然满关中。五陵北原上，万古青濛濛。净理了可悟，胜因夙所宗。誓将挂冠去，觉道资无穷。

诗的前半极力描写塔势的雄伟，"秋色从西来"四句写远望秋空的感受，景色混茫，气象阔大，显示了非凡的笔力。

杜甫诗为《同诸公登慈恩寺塔》：

> 高标跨苍穹，烈风无时休。自非旷士怀，登兹翻百忧。方知象教力，足可追冥搜。仰穿龙蛇窟，始出枝撑幽。七星在北户，河汉声西流。羲和鞭白日，少昊行清秋。秦山忽破碎，泾渭不可求。俯视但一气，焉能辨皇州。回首叫虞舜，苍梧云正愁。惜哉瑶池饮，日晏昆仑丘。黄鹄去不息，哀鸣何所投。君看随阳雁，各有稻粱谋。

诗写了登塔的景况，"龙蛇窟"指曲折蜿蜒的登塔梯道，"枝撑"是

从长安到天山

从南面观看大雁塔

一　西安（一）

从塔上窗户眺望

塔内木质架构。登上塔顶时，人如同在天上，北斗七星仿佛挂在塔顶的窗外，又仿佛听到了银河的水流声。但目光转向下方时，诗人的观感却是"秦山忽破碎，泾渭不可求。俯视但一气，焉能辨皇州"，当时，距离"安史之乱"爆发只有三年时间，诗人敏感地意识到了皇朝的危机，景物描写中传达了内心深处的隐忧。诗圣杜甫的襟怀见识实有过人之处。

唐代还有新科进士"雁塔题名"的时尚，李肇《唐国史补》记："既捷，列书其姓名于慈恩寺塔，谓之题名会。"下面在"大唐芙蓉园"一节中，都会涉及"雁塔题名"的故事。

西安作为大唐王朝国都所在地，真正唐代的建筑物迄今存留无几。屹立1300多年的大雁塔，当之无愧地充当了历史的见证。那天由南广场进入慈恩寺，去登大雁塔，凭身份证可以享受老年人免票。整修过的登塔楼梯十分宽敞，柔和的灯光照耀着，完全没有杜甫当年"仰穿龙蛇窟，始出枝撑幽"的感觉。楼梯与塔体是分离的，所以游人登塔不会影响塔体的安全，这也使人不能不敬佩唐代工匠的智慧。

大雁塔与西安火车站，一南一北，遥遥相望。火车站面对的南北大街是解放路，解放路的南端是和平门，由和平门出城，一路向南，毫无遮拦，直抵大雁塔脚下。如今，大雁塔南北开辟了两个广场，分别叫南广场和北广场，都十分开阔壮观。尤其入夜后华灯齐

塔体内唐代砖层

一　西安（一）

大雁塔广场上的"街头胡乐"群雕

大雁塔广场上的"公孙飞剑"雕像

放,璀璨得像走进了梦幻世界。广场两侧绿树成荫,鲜花盛开,绿荫前、花丛中是一座座唐代诗人的雕塑,也有些雕塑展示的是唐代长安的街头场景,营造了浓郁的唐文化氛围。

春风得意马蹄疾,一日看尽长安花

大唐芙蓉园

当下西安的大雁塔、大唐芙蓉园、曲江遗址公园三个景区是连成一片的,大雁塔居于北端,大唐芙蓉园在其东南,曲江遗址公园又在大唐芙蓉园的东南。

大唐芙蓉园正门

一　西安（一）

大唐芙蓉园与唐代的芙蓉苑（园）是不是在同一位置上？这是一个可以讨论的问题。晚唐诗人林宽《寄何绍余》诗有句："芙蓉苑北曲江岸，期看终南新雪晴。"说得很明白，芙蓉苑之北是曲江；换句话说，芙蓉苑在曲江之南。杜甫《乐游园歌》有句："青春波浪芙蓉园。"清杨伦《杜诗镜铨》注引宋张礼《游城南记》："芙蓉园在曲江之西南。"杜甫的名篇《秋兴八首》有句"芙蓉小苑入边愁"，叶嘉莹《杜甫秋兴八首集说》所附《唐代长安图》，芙蓉园位于曲江的西南方。宋宋敏求《长安志》"曲江"下引晚唐人康骈《剧谈录》："曲江……唐开元中疏凿为胜境，南即紫云楼、芙蓉苑，西即杏园、慈恩寺。"所记曲江之南有芙蓉苑。元李好文编绘《长安志图》，其《城南名胜古迹图》也将"芙蓉园"绘于曲江的西南位置。清徐松《唐两京城坊考》在"西京 外郭城"下记："曲江……次南芙蓉园。"并引《太平寰宇记》："曲江与芙蓉园相连。"以上资料都表明芙蓉园是在曲江之南或西南。

但是，现在的大唐芙蓉园却位于曲江遗址公园的西北方向。有关资料介绍说，芙蓉园"建于原唐代芙蓉园遗址以北"，"以北"怎样理解？是不是向北以至越过了曲江？我这里只是顺手把问题提出来，确定的答案应该由历史地理学、考古学、长安学的专家做出。

旅游资料介绍，大唐芙蓉园是"全方位展示盛唐风貌的大型皇家园林式文化主题公园"。这处占地1000亩的大型公园，有辽阔的水面，有葱茏的园林，有宏伟的建筑，有豪华到几近奢侈的现代化人造景观（如水幕电影）。据我的观感，其建筑物及景点的设计布局是按照今人的理解，以多种形式和手段来呈现唐代的文化景观。我举几处与唐诗有关的景点，做一番走马观花式的游赏：

人面桃花

去年今日此门中，人面桃花相映红。人面不知何处去？桃花依旧笑春风。

——《题都城南庄》

这是一首脍炙人口的唐诗，作者崔护。唐人孟启《本事诗》在"情感"类讲述了这首诗的"本事"：崔护是个"姿质甚美"的落第举子，清明日独游都城南，来到一处居人庄，叩门找水喝，遇到一位"妖

"人面桃花"景观

姿媚态,绰有余妍"的女子,两人在短暂的接触中,留下了美好的记忆。来年清明,崔护重来,门却上了锁,于是把上面那首诗题在门上而去。过了几天再来,才知道题诗那天女子恰随其父外出,归来读了崔护的诗,悲伤而死。崔护进门痛哭,女子竟活了过来。其父便让崔护把女儿带回了家。这个故事流传千年,感动着无数少男少女。长安城南的樊川有桃溪堡,据说那里才是故事发生的地方。大唐芙蓉园有一片桃林,路旁一座纯然象征性的柴门,只有框架,连门扇都没有,门边竖着"人面桃花"景点标志牌,有块石头上刻着崔护的诗。游人来到这里,不管是不是桃花盛开的季节,都能走进那个美妙动人的故事神游一回。

推敲之路

讲的是"苦吟诗人"贾岛的故事。据宋胡仔《苕溪渔隐丛话》记载,贾岛当初到长安参加科举考试,有一天,骑在驴子上想出两句诗:"鸟宿池边树,僧敲月下门。"但他对第二句用"敲"字好还是用"推"字好,琢磨不定,不住地吟哦,还用手做推敲的动作。精神太投入,不知不觉间闯进了京兆尹韩愈出行的队列。左右带了贾岛来见韩愈,韩愈听了贾岛的陈述,立马良久,说:"作敲字佳矣!"于是和贾岛"并辔而归,留连论诗,与为布衣之交"。这个故事千年来广为人知,还造就了汉语中"推敲"这个词。大唐芙蓉园中的雕塑,是一个骑在驴子上的僧人,来到一座半开的门前。这情景与传说并不切合,贾岛构想的诗句中,是一个僧人站在关闭的门前"推敲",而不是贾岛自己骑着驴走近一座并未关闭的门。而

"僧敲月下门"景观

且,贾岛是在那次科考未中之后才出家做了和尚,当时骑在驴上的他还是个普通士子。与"人面桃花"景点作比较,彼处为"虚景",此处为"实景",但给游人提供的想象空间,倒是"虚"胜于"实"。

陆羽茶社

陆羽是竟陵(今湖北天门)人,生于开元二十一年(733),卒于贞元末(约804)。据《新唐书·陆羽传》记载,陆羽著有《茶经》三卷,"言茶之原、之法、之具",被茶商祀为"茶神"。人们称他为"茶仙",后世又尊之为"茶圣"。大唐芙蓉园中有"陆羽茶社",是一家营业的茶馆。茶馆环境一流,雅致而幽静。陆羽有两首传世

的诗,其中一首是:

> 不羡黄金罍,不羡白玉杯。不羡朝入省,不羡暮入台。千羡万羡西江水,曾向竟陵城下来。

诗写隐者情怀,高雅而易懂。但"陆羽茶社"不取陆羽之诗,却把一首并不高明的今人之诗挂在室内,不知是什么取舍标准。

杏园

在长安城南。唐代新科进士在杏园举行宴会,称为探花宴。一种说法,杏园宴中的探花游戏,是由大家推选两名年轻英俊的进士充当"探花使",由他们骑马遍游曲江附近乃至长安各大名园,采摘新鲜的名花回来供大家欣赏。翁承赞承担过这个角色,作有《擢探花使三首》,其一写道:

> 探花时节日偏长,恬淡春风称意忙。每到黄昏醉归去,绛衣惹得牡丹香。

另一种说法,是新科进士们一起走遍长安去赏花。孟郊考中进士后,作有《登科后》诗:

> 昔日龌龊不足夸,今朝放荡思无涯。春风得意马蹄疾,一日看尽长安花。

孟郊当年46岁，不可能被选为"探花使"，但他仍然享受了骑马看花的荣耀。

大唐芙蓉园的杏园是一处仿唐建筑，后院是一片杏林。正门上方有霍松林题写的匾额"春色满园"，楹柱上的对联也是霍先生手笔：

金榜生辉赐宴杏园花似锦，
春风得意题名雁塔马如龙。

皇家马厩名为飞龙厩，飞龙厩的马叫飞龙马，"马如龙"指进士们

杏园正门霍松林题写的匾额、楹联

骑的都是飞龙马。"题名雁塔"故事可参看"大雁塔"一节。

诗魂与诗峡

这是大唐芙蓉园中集中展示唐诗文化的两个相互关联的景点。诗魂是唐代大诗人的群雕,位于大唐芙蓉园东南部一处高台上。群雕共有人物25个,居于最高处的是"诗仙"李白,手中高举酒杯,醉眼雄视远方,衣襟上是他的名句:"黄河落天走东海,万里写入胸怀间。"群雕下方还刻有他的名篇《将进酒》。"诗圣"杜甫站在群雕之外,给人的感觉更贴近民间社会,诗人面容沧桑,手中隐约握着一支笔,石壁上刻了他的名篇《春夜喜雨》,还有一首是《佳人》("绝代有佳人,幽居在空谷")。王昌龄作为边塞诗人的代表,身着戎装,石壁上刻写的诗篇是《从军行》:

青海长云暗雪山,孤城遥望玉门关。黄沙百战穿金甲,不破楼兰终不还。

杜牧是醉卧姿势,刻写的诗篇是《将赴吴兴登乐游原一绝》:

清时有味是无能,闲爱孤云静爱僧。欲把一麾江海去,乐游原上望昭陵。

诗峡是用巨石堆成的人造峡谷,长120米,谷底有流水,峡谷两侧分布着唐代诗人的雕像,石壁上镌刻一首首唐诗。巨石上的"诗

从长安到天山

诗魂之李白雕像

诗魂之杜甫雕像

一 西安(一)

诗峡

"峡"二字,系集于右任书法而成。诗峡中有19位诗人雕像,包括了著名诗人李白、杜甫、白居易、李贺、杜牧、李商隐等。其中有位无名诗人,是一名宫女,她的四句诗是:

一入深宫里,年年不见春。聊题一片叶,寄与有情人。

这位宫女把自己的诗写在一片红叶上,俯身将红叶放进水流,希望漂到宫外,流向民间。雕像构思巧妙地利用峡中流水,复活了红叶题诗的情境，确实有感人的艺术效果。

曲江千顷秋波静，平铺红云盖明镜
曲江池

曲江池遗址公园建在唐代曲江池原址，规划占地1500亩，曲江水体南北纵长1088米。资料介绍说，"曲江池遗址公园有很多表现唐代社会生活的雕塑，布置在全园各处，或草坪，或广场，或山坡，或水滨，甚至在水中。使曲江池遗址公园笼罩在一片浓郁的大唐文化氛围中"，可知雕塑是这个公园的重要特色。

黄渠入水口遗址

曲江池，也称曲江。这里原本是一片天然洼地和池沼，早在秦汉时代就建成了皇家园林。唐代进行了大规模营建，凿黄渠引来终南山水源，扩展了水域面积。遗址公园的东南角上，路边有"黄渠入水口遗址"碑，资料介绍，20世纪五六十年代入水口仍有踪迹可寻。

一 西安（一）

唐代开元年间又在岸边广建宫殿，修筑了复道夹城直通兴庆宫和大明宫，曲江池于是成为长安最著名的游赏胜地。《旧唐书·文宗纪》就有"天宝已前，曲江四岸皆有行宫台殿、百司廨署"的记载。曲江无疑是皇族及达官贵人们行乐的好去处，"三月三日天气新，长安水边多丽人"，杜甫诗《丽人行》就描述了杨贵妃兄妹在"上巳节"结队游曲江的奢华场景。

唐代的曲江不仅是皇家园林，也是诗人们最喜欢游览的地方，曲江美景就成了唐诗中最引人注目的风景线。韩愈的诗句"曲江千顷秋波静，平铺红云盖明镜"（《奉酬卢给事云夫四兄曲江荷花行见寄并呈上钱七兄阁老张十八助教》），将曲江全景描绘得如同一幅浓墨重彩的图画。他的《同水部张员外曲江春游寄白二十二舍人》诗，在展现曲江美景的同时，反映了长安上层人士游赏

曲江

曲江的浓厚兴趣：

> 漠漠轻阴晚自开，青天白日映楼台。曲江水满花千树，有底忙时不肯来？

诗中包含了一个故事。韩愈与张籍同游曲江，写诗召唤白居易。诗是"寄"给白居易的，他们事先可能约了他，他推辞说太忙，不能来，于是韩愈用这首小诗抒写白居易未能同游的遗憾。其实，白居易是曲江的常客，一个早春的日子，白居易招张籍游曲江，张籍有《酬白二十二舍人早春曲江见招》诗：

"曲江水满"雕像

曲江冰欲尽，风日已恬和。柳色看犹浅，泉声觉渐多。紫蒲生湿岸，青鸭戏新波。仙掖高情客，相招共一过。

今天，游人来到曲江，看到水中一个小岛上有韩愈、张籍、白居易三人的群雕像，名为"曲江水满"，演绎的就是三人同游曲江的美事。

一　西安（一）

"元白信马同游"雕像

景区一片柳荫下，还有白居易与元稹信马同游的雕塑。元稹在《和乐天秋题曲江》诗中写道："十载定交契，七年镇相随。长安最多处，多是曲江池。"可见曲江是他们平日游览最多的地方。

杜甫在并无官职的时候，也常来曲江。他有《曲江二首》：

一片花飞减却春，风飘万点正愁人。且看欲尽花经眼，莫厌伤多酒入唇。江上小堂巢翡翠，苑边高冢卧麒麟。细推物理须行乐，何用浮名绊此身。

朝回日日典春衣，每日江头尽醉归。酒债寻常行处有，人

生七十古来稀。穿花蛱蝶深深见，点水蜻蜓款款飞。传语风光
共流转，暂时相赏莫相违。

即便人生不得意，杜甫仍然可以流连曲江风景，靠饮酒行乐来打发时光。曲江水面有杜甫在一只小船上醉卧的塑像，十分生动传神。一处叫"涟漪亭"的地方悬挂的对联则是他的诗句"穿花蛱蝶深深见，点水蜻蜓款款飞"。

唐代新科进士有"曲江流饮"的宴乐活动，刘沧《及第后宴曲江》诗描述了这种盛况：

及第新春选胜游，杏园初宴曲江头。紫毫粉壁题仙籍，柳色箫声拂御楼。霁景露光明远岸，晚空山翠坠芳洲。归时不省花间醉，绮陌香车似水流。

"安史之乱"中，曲江变得一片萧条，但并没有遭到破坏。杜甫《哀江头》诗写道：

少陵野老吞声哭，春日潜行曲江曲。江头宫殿锁千门，细柳新蒲为谁绿？忆昔霓旌下南苑，苑中万物生颜色。昭阳殿里第一人，同辇随君侍君侧。辇前才人带弓箭，白马嚼啮黄金勒。翻身向天仰射云，一笑正坠双飞翼。明眸皓齿今何在？血污游魂归不得。清渭东流剑阁深，去住彼此无消息。人生

一 西安（一）

有情泪沾臆，江草江花岂终极。黄昏胡骑尘满城，欲往城南望城北。

由"江头宫殿锁千门"句，我们可以知道曲江建筑群的宏大。诗中回忆唐玄宗携杨贵妃春游曲江的场面，"南苑"指曲江之南的芙蓉苑。安史乱起，玄宗经剑阁逃往成都，杨贵妃也送了命。这首诗是杜甫在长安尚被叛军占领时期潜回长安所写，是历史场景的真实记录。

杜甫晚年流落夔州，作有著名的《秋兴八首》以抒写"故国之思"，其第六首写曲江：

瞿唐峡口曲江头，万里风烟接素秋。花萼夹城通御气，芙蓉小苑入边愁。珠帘绣柱围黄鹄，锦缆牙樯起白鸥。回首可怜歌舞地，秦中自古帝王州。

诗的中间两联写记忆中的曲江胜景："夹城"是由兴庆宫通往曲江的全封闭御用通道，"芙蓉小苑"指曲江南边的芙蓉园，"珠帘绣柱"句写岸边宫殿，"锦缆牙樯"句写水上游船。远在三峡的诗人回想起"帝王州"长安，心中有无限感慨。

唐代末年，曲江宫殿毁于战乱，池水逐渐干涸。北宋之后，曲江变成了农田。20世纪60年代初，我在西北大学读书时，正逢"三年困难时期"，学校安排过一次劳动，两个人一辆架子车，到南郊的北池头村拉萝卜。我们班有位同学的家就在北池头村。记得萝卜长在一片洼地里——其实就是曲江池中。走出这片洼地，经过传说中王宝钏的"寒窑"，回到学校食堂，卸下一车萝卜，用了整整一天时间。北池头村，顾名思义，就是曲江池之北的村庄。如今环绕曲江遗址公园，建成了西安著名的高档住宅区，有条马路仍叫"北池头路"。

二 西安(二)

骊宫高处入青云,仙乐风飘处处闻
华清宫

到达西安的第二天,一早驱车去临潼。临潼是西安的市辖区,在西安以东,相距不过20多公里。车子在10车道的西潼高速上飞驰,路旁看到"陕西第一条高速公路纪念碑"。转眼就到了骊山脚下、华清宫前。

骊山这个地名,对稍有文史常识的人来说并不陌生,广为人知的是周幽王与他的宠姬褒姒在骊山顶上"烽火戏诸侯"的故事。从那以后,骊山就与帝王结下了不解之缘。由于骊山下有千年不竭的温泉流淌,历代帝王都会来此享受。汉武帝在骊山建成离宫。唐代贞观年间,营建别宫,名为"汤泉宫"。高宗时改名"温泉宫"。天宝以后,风流天子唐明皇(玄宗)常于每年十月携杨贵妃到温泉宫过冬,次年春才回长安,换句话说,这位日渐沉湎于女色与享乐的

骊山

皇帝,每年有小半年时间并不在首都,开元年间的励精图治已经被他抛到了脑后。

天宝元年(742)秋,诗人李白时来运转,奉诏入朝为翰林供奉。入朝之初备受恩宠,当年十月即奉命随明皇车驾前往温泉宫。李白当时作有《从驾温泉宫醉后赠杨山人》诗,诗中写道:

> 幸陪鸾辇出鸿都,身骑飞龙天马驹。王公大人借颜色,金章紫绶来相趋。当时结交何纷纷,片言道合唯有君。待吾尽节报明主,然后相携卧白云。

二　西安（二）

入朝伊始，即被明皇点名随驾，这是何等的荣宠！诗人配给了一匹皇家飞龙厩的"天马"，这样的坐骑正是身份与地位的象征。身份一变，周围人的态度也变了，那些身佩"金章紫绶"的"王公大人"纷纷向李白套近乎，企图讨得诗人一个笑脸。诗中毫不掩饰的志得意满，表明李白其实也未能免俗。好在诗人此时还保持了一份清醒，他明白真正可靠的朋友只有杨山人，并且向这位身在山野的友人表白心迹：等我在朝廷完成了建功立业的心愿，最终还是要回归自然，像一片白云那样自由自在、无拘无束地活在人间。

天宝六载（747），玄宗将温泉宫改名华清宫。皇帝越来越昏庸，朝政也一天天烂下去。天宝十四载（755）冬天，刚刚得到一个微官的诗人杜甫回长安北边的奉先县探家，途中经过华清宫，有所闻见，到家后写下了著名的《自京赴奉先县咏怀五百字》，诗中写道：

> 凌晨过骊山，御榻在嵽嵲。蚩尤塞寒空，蹴踏崖谷滑。瑶池气郁律，羽林相摩戛。君臣留欢娱，乐动殷胶葛。赐浴皆长缨，与宴非短褐。彤庭所分帛，本自寒女出。鞭挞其夫家，聚敛贡城阙。圣人筐篚恩，实愿邦国活。臣如忽至理，君岂弃此物？多士盈朝廷，仁者宜战栗。况闻内金盘，尽在卫霍室。中堂有神仙，烟雾蒙玉质。煖客貂鼠裘，悲管逐清瑟。劝客驼蹄羹，霜橙压香橘。朱门酒肉臭，路有冻死骨。荣枯咫尺异，惆

恨难再述。

杜甫这首不朽之作,成就了文学史上揭露朝廷与下民矛盾的经典。其实,就在诗人写下这首诗的时候,"安史之乱"已经爆发,唐王朝走上了由盛而衰的不归路。

"安史之乱"平息四十多年后,白居易写成传诵一时的《长恨歌》。诗写唐玄宗与贵妃杨玉环的爱情故事,当然少不了浓墨重彩地描写他们在华清宫的享乐生活:

华清池景色

二 西安(二)

春寒赐浴华清池,温泉水滑洗凝脂。侍儿扶起娇无力,始是新承恩泽时。云鬓花颜金步摇,芙蓉帐暖度春宵。春宵苦短日高起,从此君王不早朝。承欢侍宴无闲暇,春从春游夜专夜。后宫佳丽三千人,三千宠爱在一身。金屋妆成娇侍夜,玉楼宴罢醉和春。姊妹弟兄皆列土,可怜光彩生门户。遂令天下父母心,不重生男重生女。骊宫高处入青云,仙乐风飘处处闻。缓歌慢舞凝丝竹,尽日君王看不足。渔阳鼙鼓动地来,惊破霓裳羽衣曲。

接下去,诗歌写了"马嵬兵变"及杨妃之死,写了唐玄宗从成都逃难归来后对杨妃的无尽思念,写了身在仙山的杨妃对玄宗的缠绵情思,结句是"天长地久有时尽,此恨绵绵无绝期"。《长恨歌》虽有讽意,但诗中对李杨爱情的着力渲染却有感动人心的艺术效果,因

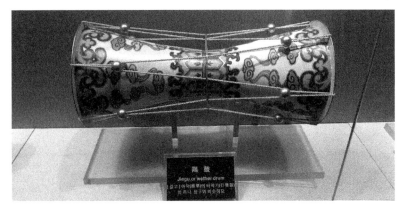

华清宫景区展出的羯鼓

而一般读者往往把《长恨歌》当作爱情诗来读。

李杨爱情故事留给后世统治者的教训是惨痛而深刻的。唐代诗人们多从总结历史经验的角度,书写家国兴亡的遗恨。杜牧有《过华清宫绝句三首》其一:

> 长安回望绣成堆,山顶千门次第开。一骑红尘妃子笑,无人知是荔枝来。

李商隐有《华清宫》:

> 华清恩幸古无伦,犹恐蛾眉不胜人。未免被他褒女笑,只教天子暂蒙尘。

当然,也有诗人是以感伤的心态回顾李杨爱情的悲剧结局。如吴融有《华清宫四首》,其三写道:

> 上皇銮辂重巡游,雨泪无言独倚楼。惆怅眼前多少事,落花明月满宫秋。

罗邺有《温泉》,写道:

> 一条春水漱莓苔,几绕玄宗浴殿回。此水贵妃曾照影,不

二　西安（二）

堪流入旧宫来。

令人惊叹的是，李杨爱情故事成了今天华清宫景区唯一的主题。景区大门外是李杨联手起舞的巨型雕塑，飘飘欲飞，充满浪漫的诗意。景区中心，是贵妃出浴的白玉全裸雕像，突现了唐美人的丰腴，游客可以从四面围观。雕像与观众保持了较大距离，人们只能远观，所以雕像得到很好的保护。进入室内展厅，最值得一看的是海棠汤，也就是俗称的贵妃池。在这里，游客尽可想象《长恨歌》所描写的贵妃沐浴的情景。贵妃池是在原址发掘出来的，四周有很大空间。联想起1982年春，在西安召开中国唐代文学学会成立

唐明皇与杨贵妃对舞的雕像

贵妃池（海棠汤）

大会时，学者们曾去华清宫考察，那时地下的贵妃池还没有发掘出来，人们看到的贵妃池是在一间小房子中臆造的水磨石池子，看来当年臆造者的想象力远远落后于唐人。

华清宫中更显眼的是舞剧《长恨歌》的各种宣传灯箱和宣传画，这部舞剧被称作"中国首部大型实景历史舞剧"。舞剧演出在晚间，很多游客是奔着观剧而来，可惜我没有机会一饱眼福。《长恨歌》在华清池的辉煌，应了"无限风光尽被占"这句唐诗，使人感受到爱情主题在人们心目中无可替代的永恒分量。

二 西安（二）

五陵年少金市东，银鞍白马度春风

西 市

唐代，西市是长安最繁华的商业区；今天的西市，是重建不久的新景点。

唐代的长安城，被纵贯南北的朱雀大街分为东、西两个区域，东区和西区各有一个商业区，称东市和西市。西市远比东市著名。西市又称金市。根据天干与五行的配合，"西方庚辛金"，我想这应该是称西市为"金市"的来由；另一方面，商业总归离不开金钱，称西市为金市其实是凸现了它的商业性质。长安城共有108坊，西市约占两坊之地，面积近一平方公里，是当时的世界商贸中心。西市内有200个行业从事经营，兴盛之况可以想见，只可惜没有留下一幅如宋代《清明上河图》那样的画作，使后世之人能直观西市的繁华。但是，表现西市风光的唐诗却是有的，试读李白的《前有樽酒行二首》其二：

> 琴奏龙门之绿桐，玉壶美酒清若空。催弦拂柱与君饮，看朱成碧颜始红。胡姬貌如花，当垆笑春风。笑春风，舞罗衣，君今不醉将安归？

唐代，西域与中土的经济往来十分发达，许多西域胡人来长安经商，其中不少商人经营着酒店，这些店被称为"胡店"。向达《唐代长安与西域文明》一书指出，"长安胡店，多在西市（即金市），则其间有侍酒之胡姬"。李白的诗重现了人们兴致勃勃到西市胡店中饮乐的情景。这里是食客们最喜欢光顾的地方，因为除了清莹的美酒，还有容貌如花的胡姬，人们可以一边饮酒，一边听乐，一边观舞，这种众美俱集的饮乐场面，是极富时代特征的世俗美好生活实景。它简直可以像插图一样，为唐代史书补充都市生活的形象画面，并使读者产生身临其境的感受。

李白另一首《少年行》，直接写到了"金市"：

五陵年少金市东，银鞍白马度春风。落花踏尽游何处？笑入胡姬酒肆中。

"五陵年少"犹如今天的"富二代"或"官二代"，他们是长安城里消费时尚的引领者，金市是他们的首选，是他们最常光顾的场所。李白同时代诗人崔颢的名篇《渭城少年行》中，也有这样的句子："贵里豪家白马骄，五陵年少不相饶。双双挟弹来金市，两两鸣鞭上渭桥。"

李白和崔颢的诗如同相互唱和，共同见证了西市的繁华。

20世纪五六十年代，考古工作者就开始了对西市的调查，2006年进行了西市遗址的发掘。随后，西安市开始了大唐西市在原址上的重建工程。2013年9月，重建的西市开街，古都西安增添了一处新景点。我是2016年5月11日来看长安西市的，第二天又来了一次。据介绍，新建的西市占地面积约500亩，远小于唐代的西

二　西安（二）

市，即就这一点说，新建西市也只是一种象征性的恢复和展示。大体来说，新西市是由三个部分构成，一是中心广场，二是街坊，三是西市博物馆。中心广场有舞台，有雄伟巨大的雕塑，应该是用来举办大型活动的。街坊的巷道齐整，屋舍华美，按行业划分排列着一家家店铺，其中经营工艺品的居多。但是，也许因为我没有赶上节庆活动，而是在平常日子来西市的，所以并没有感觉到热闹和繁华，游客不多，当地人估计也很少来。有一处"丝绸之路风情街"，上午九点钟商铺还没开门。还有一座宏伟的台阁，下部墙面上刻有李白的《少年行》和杜甫《饮中八仙歌》，虽然岁月并不算久，但已经缺了字。总而言之，唐代西市的繁华恐怕是很难人为地恢复了！

值得一赞的，是大唐西市博物馆。博物馆占地面积15亩，展区面积8000平方米，是反映盛唐商业文化、丝路文化和西市历史文化的主题博物馆。资料介绍说这家博物馆并不是公立单位，而是民间力量兴办。馆内展出的实物很丰富，都是出土的唐代文物。博物馆最重要的特色，在于它是在西市原址上再建，原真性地保存和展示了"西市遗址"的面貌。"这些遗址的展示方法分两种：一种是玻璃覆盖展示。如密集的车辙遗址、唐早期的排水沟渠遗址；一种是裸露的原状展示，如宽阔的十字街路面、店铺基址、唐晚期排水沟上架设的石板桥遗址"（摘自博物馆介绍资料）。唐代的街景遗址，隔着一层厚玻璃，呈现厚重的土黄色，原物原貌，游客会有"梦回大唐"的感觉。博物馆另一特色，是展出了

从长安到天山

大唐西市博物馆陈列的水井遗址

西市博物馆里陈列的石府君墓志

许多墓志。这些墓志是研究唐代历史的原始资料。据我所知，西市博物馆曾把所藏数量可观的唐代墓志拓片委托北京大学中国古代史研究中心进行整理，参与这项工作的朱玉麒教授正是通过释读《许肃之墓志》，对诗人李白的婚姻情况做出了新的说明，指出李白的"许氏夫人"并不是故相许圉师的嫡亲孙女，而只是许圉师家族孙辈中的一员。这是李白研究的重要收获，这样的学术成果可以算做西市文化的副产品吧！

白云回望合，青霭入看无

终南山

西安的南面，是逶迤连绵的终南山。当年我在西安上大学时，只要是晴日，就能远远望见山的影子。唐代的天空一定更明净，能见度更高。唐玄宗开元十二年（724）初春的一天，坐在科举考场内的士子们正在按照命题写诗，诗的题目是《终南望余雪》。常规要求，是写一首五言诗，须写成六联十二句。但一个名叫祖咏的考生却只写了四句：

终南阴岭秀，积雪浮云端。林表明霁色，城中增暮寒。

考官问他为什么不按规定写够十二句，他回答了两个字："意尽。"这首小诗，前两句是远景，写望终南山的景色，十分切题；第三句

从长安到天山

远望秦岭积雪

是近景,雪后初晴,夕阳的冷色在树梢上闪耀;第四句的"暮寒",既是自己的肌肤感受,也是心理感受。写到这里刹住,真的也就够了,而且还留下了一些余味。这则佳话,不仅显示了诗人的才气,更显示了一种卓尔不群的性气,这正是盛唐读书人特有的精神气质,令人神旺的精神气质。

我这次到西安,在终南山里停宿了两晚。友人在终南山的祥峪有一套房,每年春天西安市区停了供暖,他就到山里去住。住到秋天过完,山里凉了,下山回城。这生活真像神仙一般享受。我住在山里那两个晚上,一条溪流就在窗外奔泻,哗哗的水声伴人入眠,

二　西安（二）

真正是贴近了大自然，有了点古代隐士的感觉。

与终南山相关的唐诗，实在太多。5月13日我上山那天，下着雨，接近山脚的时候，车窗外闪过了"太乙宫"的路标，我马上想到了王维那首以《终南山》为题的著名诗篇：

> 太乙近天都，连山到海隅。白云回望合，青霭入看无。分野中峰变，阴晴众壑殊。欲投人处宿，隔水问樵夫。

太乙是终南山的一座峰，诗中写的是终南山深处的景色。因为下雨，我连下车拍张照片都不可能，只有默念王维诗句，到太乙峰下神游一番。

进山后，雨停了。当天傍晚，友人陪我游览了高冠瀑布。瀑布离友人家很近，我们步行半小时就到了。瀑布的水流并不大，但高冠河水从两山夹成的狭窄石槽中奔泻而下，高达30米，气势相当磅礴。唐代最著名的边塞诗人岑参早年曾在这里隐居，筑有一处"高冠草堂"。他写有一首题目很长的诗，题为《终南云际精舍寻法澄上人不遇归高冠东潭石淙望秦岭微雨作贻友人》，诗写瀑布的句子是："崖口悬瀑流，半空白皑皑。喷壁四时雨，傍村终日雷。"完全是实景描写。那天我们去看瀑布，是从东边入口进去，地属长安区；走过架在瀑布上的石桥，从西边口出来，却是鄠邑区地界了。此地旧称"户县"，也属西安市管辖，原作"鄠县"，后来为书写认读方便，改为"户县"。但户县改制为市辖区时却称"鄠邑区"，又恢复

从长安到天山

高冠瀑布

二　西安（二）

西成高铁跨越终南山前的公路

了曾经的"鄂"字。

5月15日，我们驾车沿着终南山边的大道一路向西行去。前一日下过一场雨，当天阳光灿烂，空气清新。车子从正在建设中的西成（西安至成都）高铁桥下穿过，回头看，山腰是一个隧道口。高铁路线从这个隧道开始，将贯穿秦岭，到达山南的汉中。进入四川后经过广元、绵阳，抵达成都。媒体报道，2017年11月22日西成高铁已经建成，12月6日投入运营。全长658公里，设计时速250公里，从西安到成都只需3个小时。这不禁令我回想起当年坐火车从西安往成都，在宝成铁路上攀行的情景。那时火车翻越秦岭，足足要一整夜。从成都返回时，经过秦岭是白天，列车缓缓绕行而下，记得有个叫"观音堂"的小站，经过半小时后从车窗往上一看，"观音堂"的站名还在头顶上方悬着。宝成铁路大体沿着古代的蜀道，李白《蜀道难》诗中有句"青泥何盘盘"，今陕西略阳县仍有青泥岭的地名。《蜀道难》是唐诗名篇，无须我再征引。由李白三叹"蜀道之难，难于上青天"，到20世纪50年代宝成铁路修通，再到今天西成高铁通车，科学技术的进步取得了多么伟大的成就！

继续西行，进入周至县地界。周至现在也隶属西安市。与户县一样，周至原来的写法是"盩厔"，山曲为"盩"，水曲为"厔"，后来改用了"周至"两个同音的常用字。终南山有七十二峪，峪就是山谷，有山口通山外。一路上看到的路牌，有谭峪、栗峪、太平峪、耿峪等。见到耿峪，又勾起一段记忆，我们上大学时，学校在周至的尚村办有农场，学生要到农场劳动，大概是1961年的夏天吧，我们曾经到耿峪山中打猪草。山谷幽深，林木遮天，羊肠小道上不小心就会踩到一条蛇。现在的耿峪不知变成什么样子了。

这天的目的地是仙游寺。白居易名作《长恨歌》就是在仙游寺酝酿而成的。元和元年（806），即"马嵬兵变"发生、杨贵妃殒命50年后，某日，时任盩厔县尉的白居易与友人陈鸿、王质夫在仙游寺相聚，谈论起唐明皇与杨玉环那段美艳凄绝的故事，议定由"深于诗，多于情"的白居易写一首诗以"垂于将来"，于是，就有了《长恨歌》这首流传千古的名作。《长恨歌》当时就广为传唱，以至于诗人去世后，宣宗皇帝的悼诗中有"童子解吟长恨曲"的句子，可见其普及程度就像今天的流行歌曲一样。而在今天，我身后的电

二 西安(二)

视上正在热播《经典咏流传》节目,屏幕上讲了一个感人的故事:上海一位名叫王之炀的老医生,酷爱《长恨歌》,凭借记忆中幼时学习的乐府曲调,为全诗谱了曲。病重期间,他有一个愿望,就是自己谱曲的《长恨歌》能传播开来。2014年9月,他的外甥女在微博中播送出来,3天即转发4万次以上。可见这首诗从古及今都得到人们的喜爱。

仙游寺在周至县的马召山上。此地有价值的文物是"仙游寺法王塔",是一座建于隋代的砖塔,1996年国务院公布为全国重点文物保护单位,但因水利建设的需要已从原址迁走,所以我们并没有看到。游客进入的,是仙游寺博物馆。博物馆没有古器物,展品可分三大块:一是巨大的影壁上镌刻的毛泽东手书《长恨歌》,飞动

毛泽东手书《长恨歌》石刻(局部)

雷抒雁诗及书法碑刻

的草书极为飘洒有神，但只写了诗的一半，工作人员解释说，毛主席闲暇时随意而写，写一半就搁笔了。二是线刻《长恨歌》连环图，一块块嵌镶在墙壁上，图画功夫颇细，但抄录的诗歌原文却时见错字，如"金屋"错成"金星"，"未央柳"错成"未杨柳"。这类错误其实在各地的旅游景点并不鲜见。三是当今名人的书法碑刻，如诗人雷抒雁手写的一首七言绝句，诗与书法都可一观。

安得广厦千万间，大庇天下寒士俱欢颜
杜公祠

诗人杜甫与长安有太多的关系，这直接反映在他的各种自称中。他自称"杜陵布衣"，见《自京赴奉先县咏怀五百字》"杜陵有布衣"；"杜陵野老"，见《投简咸华两县诸子》"杜陵野老骨欲折"；"杜陵野客"，见《醉时歌》"杜陵野客人更嗤"。"杜陵"是指他的郡望为长安，因为其十三世祖杜预是京兆杜陵人。他曾在长安城南的少陵原居住，所以自称"少陵野老"，见《哀江头》"少陵野老吞声哭"，世亦称其"杜少陵"。少陵原其实也叫杜陵原，位于西安市长安区，地势高爽，原面开阔，而今地貌依旧，但杜甫的故居并没有留下来。明代嘉靖年间，在少陵原西南端的牛头寺近处建了一座杜公祠，清代乾隆时毁于火，嘉庆年间在牛头寺的东面重建，一直保留至今。

2016年5月16日，我去瞻仰杜公祠。少陵原下有一条南北走

二　西安（二）

杜公祠

向的大路，路边山脚是杨虎城墓园。沿着墓园墙外一条山道，爬坡上去，垂直高度约数十米，来到一块开阔地。首先看到右手边的牛头寺，正面则是一道继续向上攀升的石阶，直通杜公祠门前。不巧的是那天星期一，杜公祠不开放，所以未能进入祠堂里面的享殿瞻仰杜公。据说，殿内有杜甫塑像，有介绍杜甫生平的版面，陈列有研究杜诗的书籍，此外并没有什么重要的文物。既然不能入内，就在院子里面细看一番。大门内沿着黄土崖建造了一排窑洞，是杜公祠景区的办公机构。墙面上挂着一些宣传版，版面上有张照片，说明文字是"著名学者霍松林来杜甫纪念馆参观"，没有标明年月。这张照片引起我的一段回忆：1982年5月，西北大学主办，在西

登上杜公祠的台阶

安召开了中国唐代文学学会成立大会，会议期间，专家们曾拜谒杜公祠，笔者也参加了这次活动。当时的杜公祠十分破败，记得霍松林先生采了几枝野草野花，用来祭奠杜甫。当时，上海的苏仲翔先生与霍先生有唱和之诗，他们的诗作由霍先生署名，以《奠杜公》为题发表在学会会刊《唐代文学论丛》上，诗并序原文是：

> 偕唐代文学学会诸公谒杜祠，各以野花寒具奉荐。苏仲翔（渊雷）先生献酒毕，举杯笑谓余曰："饮此可多作好诗。"遂分饮。归途，苏作七律索和，因次原韵奉酬，时尚带醉意也。

二 西安（二）

十载京华未见春，城南谁与结芳邻。独留诗卷腾光焰，共爇心香慰苦辛。立志仍须追稷契，传薪岂必效黄陈。村醪荐罢还分饮，倘有高歌献兆民！

苏原作：杜公祠接草堂春，况与牛头山寺邻。今日肃临同展谒，一杯薄酿慰酸辛。山花权作心香爇，粢柜聊充供设陈。愿乞凌云分健笔，好凭歌哭起生民。

两位先生的诗作都强调了杜甫诗歌与"兆民""生民"的联系，这正是杜甫诗歌的核心价值。杜公祠前的台阶两侧，镌刻了许多杜

少陵原的黄土层

诗,著名的《茅屋为秋风所破歌》选刻了两句:

安得广厦千万间,大庇天下寒士俱欢颜。

杜甫终生心系平民百姓,与他们同忧乐、共悲欢。随着时代的进步,杜甫当年所幻想的"广厦千万间"虽然已成为现实生活中的真实存在,但是,住房问题仍然是影响不少城乡居民生活质量的"瓶颈"。在杜公祠前默念杜甫诗句,感受诗人伟大的人道主义精神,钦仰之情油然而生。

站在少陵原畔遥望西南方向,对面是神禾原,少陵原与神禾原之间的广阔原野,叫樊川。樊川与唐诗也有千丝万缕的联系,杜甫

神禾原与樊川

就有"故里樊川菊"的诗句,著名诗人杜牧为京兆万年(今西安市长安区)人,他的文集即称《樊川集》。据说少陵原上的西司马村有杜牧墓,虽然没有得到应有的保护,但遗址尚在,仍可供人凭吊。

夕阳无限好,只是近黄昏
乐游原与青龙寺

随着老龄化社会的到来,这些年"夕阳红"成为一个具有很高社会关注度的话题,老年群体中的流行歌曲甚至有"最美不过夕阳红"的唱词。以"夕阳"来比拟行将消逝的美好事物,传唱最广者是唐代诗人李商隐的《登乐游原》诗:

> 向晚意不适,驱车登古原。夕阳无限好,只是近黄昏。

作者是生活于晚唐衰世而又终生不得志的颓伤诗人,当今解读其诗最具学术影响力的《李商隐诗歌集解》在这首诗的按语中写道:"自然界与人类社会中,美好而又行将消逝之事物固不乏其例,对于此类事物之惋惜流连,实亦人类共同之感情。"在李商隐诗中是惋惜流连,在当今的一些老年人那里却成了"最美"。说"最美"虽不免夸张,甚至不无矫情,但也真实反映了和平岁月那些衣食无虞、生活悠闲的老年人安享晚年的心理感受。他们的幸福感是很容易得到满足的。

登上乐游原

　　来到西安，欲追踪李商隐一登乐游原，向西安人打听，一般人未必知道乐游原在哪里，但问"青龙寺"，却广为人知。其实，青龙寺是隋唐时代建在乐游原上的一座寺院，唐代密宗高僧惠果驻锡于此。日本著名留学僧空海（774—835，即遍照金刚，谥号弘法大师）曾在此师事惠果大师。北宋时寺院毁废。1996年，青龙寺遗址被国务院公布为全国重点文物保护单位。游人来到铁炉庙村的乐游原下，首先看到蹲坐在路边的"青龙寺遗址博物馆"馆标，踏着一层层石阶登上屹立高处的门楼，才看见上方悬挂着"乐游原"的匾额。

二　西安（二）

乐游原位于长安城东南，地势高敞，视野开阔。早在汉宣帝时就建了乐游苑，唐代武则天朝，太平公主在原上广造台阁，此处成为著名的游赏胜地，也成了诗人们登临赋诗的好去处。张九龄有一首《登乐游原春望书怀》，抒写游目骋怀的感受：

> 城隅有乐游，表里见皇州。策马既长远，云山亦悠悠。万甃清光满，千门喜气浮。花间直城路，草际曲江流。凭眺兹为美，离居方独愁。已惊玄发换，空度绿荑柔。奋翼笼中鸟，归心海上鸥。既伤日月逝，且欲桑榆收。豹变焉能及，莺鸣非可求。愿言从所好，初服返林丘。

看到悠悠云山，看到曲江流水，看到千门万甃，看到城坊间一条条大路，诗人忽然感觉到做官像"笼中鸟"一样，于是产生了归返林丘的隐退念头。

钱起有《乐游原晴望上中书李侍郎》：

> 爽气朝来万里清，凭高一望九秋轻。不知凤沼霖初霁，但觉尧天日转明。四野山河通远色，千家砧杵共秋声。遥想青云丞相府，何时开阁引书生？

诗人当时还是一介书生，所以遥望李侍郎的府邸，期待他的引荐。

杜牧在即将前往外地任职时，作有《将赴吴兴登乐游原一绝》，

青龙寺复原沙盘模型

诗在"大唐芙蓉园"一节已经征引过了,他在诗中表现的是出世与入世的矛盾心情。

我当年曾经登上乐游原,顺着陡峭的土坡爬上去,原上所见只有满目荒草。这次重游,但见楼阁高耸,花木成林,已经换了全新的面目。巍峨的"古原楼",把李商隐苍茫的夕阳诗意演绎成了耀眼的辉煌。如今的乐游原与青龙寺是合二为一的景区。青龙寺是空海法师跟从高僧惠果学习的地方,空海归国后不但广传密宗佛法,而且写成了研究唐诗格律的巨著《文镜秘府论》,这在中日文化交流史上具有重大意义。所以,青龙寺中建起了空海纪念堂和纪念碑。1986 年,青龙寺从日本引进千株樱花树,广植于寺院之

二 西安（二）

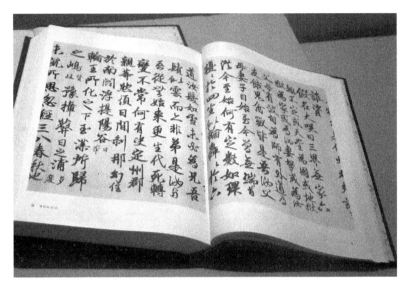

空海书迹

中，每年三四月间樱花盛开的季节，西安市民纷纷前来观赏。这些年樱花在西安广泛栽种，给古城的春天增添了许多亮丽色彩。

渭城朝雨浥轻尘，客舍青青柳色新
丝绸之路起点与渭城

西安西城墙有两个城门，一个是西门，直对市中心的钟楼；一个是玉祥门，在西门的北边，门内是宽阔的莲湖路。玉祥门外，一条大道笔直地向西展开，名为大庆路；大庆路尽头，与汉城路交接的地方，有一组与马路平行的花岗岩丝绸之路群雕。相关资料介绍，1987年是丝绸之路开创2100周年，西安市政府建造了这组群雕以资纪念。群雕出于西安美术学院教授马改户之手，表现的是跋涉于丝绸之路上的一队骆驼商旅，其中有唐人，也有高鼻深目的波斯人，展示出一支西域驼队即将西行的浩大场景。此处是唐长安城开远门遗址，行人出了开远门，就踏上了通向西域的大道。因此，这里被视为丝绸之路的起点。台湾著名雕塑家李再钤先生曾发表这样的观感："在横贯西安东西的那条大马路西端，也就是古代丝路的起点处，踏踏实实地做了一件够壮丽、够雄伟的大作品。这件雕塑充分地表露了粗犷浑厚和豁达开朗的格调，表现了汉唐古

丝绸之路起点群雕

二　西安（二）

意，让过路行旅引起了无尽历史情怀，仿佛置身于唐代长安街市中。我前后三次去观赏这部大作，我发现观赏这部作品必须是像阅兵一样，边走边看。事实上，可以把欣赏它当作聆听一首交响曲那样地让视觉感官在时间的延续上获得美感和愉快。"我在卷首引用了唐诗人张籍的《凉州词》"无数铃声遥过碛，应驮白练到安西"，观赏这组群雕，似有叮叮咚咚的驼铃声在耳边响起。

站在丝绸之路起点，人们自然会联想起王维那首脍炙人口的《送元二使安西》诗：

> 渭城朝雨浥轻尘，客舍青青柳色新。劝君更尽一杯酒，西出阳关无故人。

这首诗在传唱过程中又被称为《渭城曲》。刘禹锡有《与歌者何戡》诗：

> 二十余年别帝京，重闻天乐不胜情。旧人唯有何戡在，更与殷勤唱渭城。

何戡所唱的，就是王维这首诗。渭城就是咸阳。丝绸之路起点距离咸阳不过20公里，一路车水马龙，市声喧嚣，已经丝毫找不到唐人所感受到的诗意。咸阳是地级市，2014年国务院又批复陕西设立了"西咸新区"。随着现代产业及城市的发展，咸阳已经与西安连成一片，几乎没有了界线。进入咸阳市，路边建筑物上不时出现"渭城区"字样，提示人们已经到了王维送别朋友的地方。咸阳在渭河北岸，行人从长安来，要渡过渭河，才能踏上西去的大道。今天的咸阳，渭河之滨有个古渡公园，公园门外树立着"咸阳古渡"的文物标志碑，属于陕西省级文物，碑上标示的年代是"明清"。我的理解，这是告诉人们，直到明清时代，渡口仍在使用，唐代的渡口应该也是这里。如今有大桥横跨宽阔的河面，渡口当然早就废了。

进入公园，右侧树立着一幅巨大的诗意画，画面上一条小船刚刚靠岸，两位朋友正在岸边揖别。右首是行者，身旁有匹昂首嘶鸣的马，他舍舟登岸，即将踏上征途，西出阳关。左首是送者，"劝君更尽一杯酒，西出阳关无故人"的诗句应该由他吟出，只是他们手中都缺了酒杯——这样表现或许更含蓄而有"意在画外"的效果？这两句堪称经典的唐诗，道尽了一代代"西出阳关"之人的心曲，有豪情，也有悲慨；有对前程的向往，也有对故人、故土的留恋。即使生活在当代之人，由于社会生活条件的巨大变革，由于交通及通讯的发达，"西出阳关"早已不是畏途，但唐诗所表达的人性感受，仍然敲击着远行者的心弦。我1963年大学毕业，由国家统一分配到新疆工作，当年9月乘坐通车不久的兰新铁路火车，从西安到乌鲁木齐经历了三天四夜，共78小时，当时对"西出阳关"诗句的苍凉悲壮确有痛切感受。等到1981年底，我结束了研究生学业，1982年元旦那天再次登上西行的列车"二出阳关"，回到成立

二　西安（二）

渭河渡口

不久的新疆师范大学工作，心头不禁产生一种莫名的怅惘。告别研究生同窗之际，我写有一首七绝：

> 已把青春逐塞寒，阳关重度意萧然。苍茫云海天山月，照我梦魂到长安。

回过头来自我省思，当时所谓"意萧然"者，乃是出于对乡土的留恋，即时下所谓"乡愁"。

2008年，南京大学莫砺锋教授来新疆参加一个学术会议，离去时有诗相赠，其一曰：

西出阳关见故人，薛君风义最相亲。长车踏破天山阙，沙似波纹色胜银。

莫君反用典故，表达的是友情。乡愁也罢，友情也罢，由唐人诗句传递至今的精神内涵，无非"人性"二字罢了。

三　天水

迟回度陇怯，浩荡及关愁

陇　山

丝绸之路向西出了陕西境，进入甘肃省，第一站是天水。

我是利用参加一个杜甫研究学术会议的机会，于2014年10月15日去天水的。从西安去天水，坐火车或坐汽车，路程基本一样，铁路和公路都是沿着渭河，溯流而上，旅途耗费的时间也相同，4个小时左右。我在西安的住处离长途汽车站较近，所以选择了汽车。下午3点稍过，从西安出发。车子一路在关中平原上奔驰，渐渐地，地形有了变化，右手边出现了黄土高坡。大约2小时后，车到宝鸡，平原已经走尽，左边车窗外能望见巍峨的秦岭了。

过宝鸡不久，天色傍黑，汽车在一个服务区停下来，抬头看，收费站上方，灯箱中红色闪耀的赫然大字，是"陈仓"（事后得知，陈仓是宝鸡市的一个区）。这古老的地名，令人立刻联想起"明修栈道，暗度陈仓"的成语，以及楚汉相争的那段故事，刹那间觉得四面黑黝黝的山影中隐藏了千军万马。司机告诉大家，抓紧时间上洗手间，再往前去，直到天水都不能停车了。汽车再开动，就开始穿越一个连一个的隧道。钻出隧道，便是桥梁；刚过桥梁，又进隧道。最长的一个隧道，居然走了10分钟。汽车钻出隧道的瞬间，有时能看见暮色笼罩中的铁路桥梁和隧道口。横亘在天水与宝鸡之间的，是南北绵延百里的陇山，公路和铁路经过的隧道，就是穿越于陇山腹中。这样的地形，使天水到宝鸡间的车行速度受到极大限制。2009年9月，宝鸡至天水的高速公路通车，但设计时速只有80公里。这次旅行过后，我收看了中央电视台2015年7月2日《焦点访谈》栏目的《中亚班列长安号列车西进》节目，报道的是从西安发往哈萨克斯坦阿拉木图市的直达"班列"的运行概况，"班列"行程全长3800公里，沿着古代的丝绸之路向西行进；其间从宝鸡到天水的130多公里，要穿越138个隧道和210座桥梁、涵洞，时速60公里的列车，每前进1公里，垂直海拔就要升高13米。宝鸡天水之间的交通，既是现代丝绸之路上的一道独特风景，也是难于突破的"瓶颈"。（追记：2017年7月9日，从宝鸡到兰州的高铁开通运营，打通了中国高铁横贯东西的"最后一公里"，运营时速达250公里，从宝鸡出发仅需2小时左右就可以到兰州。宝鸡到天水间的交通瓶颈已经打破，写于2015年的上面一段文字，也就成了"历史"的记载。）

　　隧道走尽，蒙蒙细雨中到了天水。唐代大诗人杜甫，当年曾翻

三　天水

越陇山，来到天水。

唐肃宗乾元二年（759），杜甫在长安东面的华州（今陕西渭南华州区）做司功参军（相当于教育局局长）。时值"安史之乱"，华州地近前线，杜甫曾往来于洛阳、华州之间，写下了反映战乱的著名诗篇"三吏""三别"。这年七月，杜甫"罢官"来到天水，他在《立秋后题》诗中写道："罢官亦由人，何事拘形役。""罢官"二字，可以有两种理解：一是主动辞官，"由人"即由着自己，其态度堪称潇洒；二是被罢官，"由人"即由着他人（执政要者），其心态是无可奈何。何者为是，学界主流看法是前者，即所谓"弃官"，胡适的《白话文学史》却主张后一说法。这里姑不作详细讨论。杜甫在秦州作有《秦州杂诗二十首》，第一首写道：

> 满目悲生事，因人作远游。迟回度陇怯，浩荡及关愁。水落鱼龙夜，山空鸟鼠秋。西征问烽火，心折此淹留。

"度陇"，就是翻越陇山。鱼龙、鸟鼠都是天水的山名。我手头有一本天水杜甫研究会所编《诗圣陇右行吟》画册，十分精美，欣赏过后，受益良多。有幅图片是一个身穿古装的人的背影，行走在"陇坂古道"上，也就是"度陇"吧！如果这个化装的行人象征杜甫，那么，我想他应该有一匹瘦马，因为诗人在秦州有一首《病马》诗，写道："乘尔亦已久，天寒关塞深。"同行的还有妻子儿女。

莽莽万重山,孤城石谷间

秦州(天水郡)

天水在唐代叫秦州。现在,"秦"是陕西省的简称,但秦人的发源地却在天水。秦州在唐代属陇右道,看《中国历史地图集》就可知道,陇右道是个大得不得了的地区,它的最东头是天水,西头直达咸海西岸,把今天的甘肃、新疆以及中、西亚的许多国家都包括进去了。从这个意义上说,天水也属于边塞地区。杜甫《秦州杂诗二十首》写道:"莽莽万重山,孤城石谷间。无风云出塞,不夜月临关。"天水的地理形势正如杜诗所描写,是群山环绕中的一座"孤城",而且到了天水算是"出塞"了。这里有必要对"不夜月临关"一句稍加讨论:网上读到一种讲法,说"不夜"是夜晚还没有降临,这是讲不通的,因为天色未晚,月亮即使悬在空中,也显不出光亮。"不夜"句其实是说因为秦州城四野空旷,月光从天空洒下来,把关城照耀得如同白昼,故云"不夜"。这是十分清冷苍凉的景色。今天说"不夜城",当然就是无比繁华了。

天水是甘肃省最东部的一个地级市,主城区叫秦州区。整个城市规模不大,一条耤河静静地穿城而过,消减了喧嚣的市声而平添了自然之美。天水是一座历史文化名城,如果把天水与唐诗联系起来,人们会想到卢纶那首《塞下曲》:

林暗草惊风,将军夜引弓。平明寻白羽,没在石棱中。

三　天水

俯瞰天水市区

诗的主人公是西汉名将李广。《史记·李将军列传》载，李广"陇西成纪人也"，据《汉书·地理志》，成纪是天水郡属县，所以李广是天水人。李广在文帝、景帝、武帝三朝抗击匈奴，战功卓著，被匈奴称为"汉之飞将军"。《史记》还记载了李广射虎的故事："广出猎，见草中石，以为虎而射之，中石没镞，视之石也。"可见其膂力的惊人。卢纶诗所写就是这个故事。千载之下，李广成了忠勇之士的化身。天水南郊的石马坪有李广衣冠墓，我们前去拜谒。载客的出租车司机不打计程表，而是一口价："十块钱。"原因是要爬山，吃力耗油，所以比平常的起步价贵了一倍。墓园在半山腰，正门题额"飞将佳城"。墓前树立着高大的塔型碑，上书"汉将军

从长安到天山

李广墓

李广墓园正门

李广之墓",上款是"民国二十三年十一月一日",下款是"蒋中正题"。因为游人稀少,墓园气氛显得宁静而肃穆。据说天水城内还有"飞将巷",但在城市建设中已经拆毁了。

天水气候温润,土地肥沃,方言、民俗甚至物产都与陕西的关中地区接近,大概正因为如此,2009年国务院批准发展规划"关中—天水经济区",把天水与陕西的关中平原更加紧密地连成了一体,这无疑给天水的经济、社会发展提供了空前的机遇,预示着天水未来的繁荣。

老树空庭得,清渠一邑传

南郭寺

南郭寺在天水市南郊慧音山的一个山坳里,背负幽林,面临耤河,下瞰城郭。杜甫《秦州杂诗二十首》有一首是写南郭寺的:

> 山头南郭寺,水号北流泉。老树空庭得,清渠一邑传。秋花危石底,晚景卧钟边。俯仰悲身世,溪风为飒然。

作为景点,南郭寺的独特魅力是杜诗写到的"老树"和"清渠",至今犹在。树是柏树,据科学测定,它的树龄已有2500多年,换句话说,大体与孔子同龄。杜甫当年看到的已经是一株千年古柏,所以称之为"老树"。时下,老树的根部砌了一个巨大的花坛,上标"春秋古柏"。古柏坚劲的树干向两个方向延伸,一枝向上,主

从长安到天山

南郭寺

"春秋古柏"

三　天水

一枝冲天的古柏树干

干已经干枯，顶端却长着繁茂的绿叶，似乎在向苍天显示它的生命力；另一枝向侧面延伸，像一条虬龙，因为延伸得太远，人们只好用一堵砖垛来支撑它。盘桓树下，手抚树身，想象杜甫当年在此吟诗的情景，不免感慨系之。又想到孔子也罢，杜甫也罢，早已物故了，后世的孔子形象和杜甫形象全都来自人们的想象，而这株古柏却生存至今，向游客展示着它的真面目。树"能"如此，人却不堪，人的生命未免太短促！

杜诗中的"清渠"，即北流泉，仍在流淌。南郭寺没有通自来水，因为只有景区管理处的几个人住在山上，用水有限，而引水上山成本很高，管理人员的生活水源就仍靠这股泉水。住在城市里而

北流泉

饮用泉水，这给他们的日常生活增添了回归自然的诗意。为了保护泉水，景区管理处砌了一口井，井有封口，所以游客难以看到流泉的真容。

南郭寺虽然也是一个旅游景点，但绝没有一般旅游景点的喧嚣，更没有金钱熏染的俗气。游人到此，感受到的只有幽静、高雅以及深厚的历史文化氛围。南郭寺内还有"二妙轩碑"。清代顺治年间，陇右道佥事、诗人宋琬创意，集王羲之等书家之字，在34方碑石上刊刻杜甫秦州诗作60首。以"诗圣"之诗与"书圣"之字相配，珠联璧合，故称"二妙"。原碑今虽不存，但有碑帖传世。如今在南郭寺依碑帖重新刊石，"二妙轩碑"四字系天水籍著名学者霍松林手题，又建了长36米的碑廊，南郭寺由此增添了一道文化意蕴厚重的风景。

亭亭凤凰台，北对西康州
同　谷

成县，在天水东南，属陇南地区，已经出了天水市的区划。唐代在这里置成州（初称西康州），州治所在同谷县，即今成县。成县也是杜甫曾经栖息之地，他带着家人从天水来到成县，然后再往东南迁移，到达蜀中。

杜甫当初来天水，是因为此地有他的一个名叫杜佐的侄子，他在秦州作有《示侄佐》等诗。但这位侄子似没有力量为其叔父一家提供生活的依靠。"不爨井晨冻，无衣床夜寒。囊空恐羞涩，留得一钱看。"(《空囊》）眼看到了冬天，衣食无着，诗人口袋里只剩了一文钱。"无食问乐土，无衣思南州"(《发秦州》)，为生计所迫，当年十月，杜甫带着家人离开秦州，向东南方向天气更为温暖的同谷县迁移。杜甫一路经过赤谷、铁堂峡、盐井、寒峡、法镜寺、青阳峡、龙门镇、石龛、积草岭、泥功山，都有纪行之诗，笔者匆匆而过，遗憾不能对这些诗篇所描写的景点作实地考察。

随学术会议的考察团，乘旅游大巴，途中经过徽县地界，2个半小时就从天水到了成县，一路亦不觉颠簸之苦。但山东大学《杜甫全集》校注组一行1979年同样是走这条路，却耗了5个小时，而且说"这段路异常险峻，有几处高坡，汽车爬起来都相当吃力，那车鸣的声响，像是人爬大山时大声地粗喘，下山更令人提心吊胆，一边峭壁，一边悬崖，陡弯接着陡弯，使人惊叹不迭"(《访古学诗万里行》，人民文学出版社1982年）。这是怎么回事呢？事后，经由南郭寺景区管理处李吉定先生介绍，请教徽县博物馆副馆长曹鹏雁先生，才知道从天水到成县，有一段路走的是316国道，这段路原来要翻越西秦岭西段余脉，山路有"九曲十八盘"之险。1998年，打通了800多米长的"八盘山隧道"，裁弯取直，不但缩短了路程，而且免除了早先行路的惊险。回头想，杜甫当年带着一家老小在这条山路上跋涉，该是经历了怎样的辛苦艰难！

杜甫在诗中写了前往同谷县的直接起因："邑有佳主人，情如已会面。来书语绝妙，远客惊深眷。"(《积草岭》），原来此地有

三 天水

少陵祠

一位从来没有见过面的"佳主人",向杜甫发出了热情的邀请信,于是诗人前来投靠。但是,到达同谷后,这位"佳主人"再也没有在杜甫的诗中出现,这成了一个无法破解的谜,而杜甫一家的生活则几乎陷入绝境。《乾元中寓居同谷县作歌七首》真实记录了诗人当时的生活状况,第一首写道:

有客有客字子美,白头乱发垂过耳。岁拾橡栗随狙公,天寒日暮山谷里。中原无书归不得,手脚冻皴皮肉死。呜呼一歌兮歌已哀,悲风为我从天来。

从长安到天山

树上掉落的橡栗

杜甫一生穷困潦倒，不少诗篇写到生活窘迫状况，但没有比这首诗更不堪的。橡栗，是橡树的果实，在天水我亲眼看到了，如小核桃那么大。当地朋友讲，橡栗含有淀粉，现在人们还用作猪饲料。然而，诗人杜甫一家当年竟靠此物充饥！如今的成县，遍地高楼，汽车经过的一个住宅区，楼高都在三十层以上。面对如此繁华，叫人无法想象千年前杜甫一家流落此地的情景。问成县文物局局长："杜甫当年拾橡栗的山谷何在？"他也说不清楚。城市边上有连绵的山峰，名叫鸡山，远望一片迷蒙，我想，山中也许留有杜甫的足迹吧！

尽管个人处境困窘如此，诗人却仍能将一己的身家置之度外，而一如既往地系念着家国百姓的命运。在同谷县，他写有《凤凰台》诗：

三　天水

杜公祠对面的凤凰台

　　亭亭凤凰台，北对西康州。西伯今寂寞，凤声亦悠悠。山峻路绝踪，石林气高浮。安得万丈梯，为君上上头。恐有无母雏，饥寒日啾啾。我能剖心血，饮啄慰孤愁。心以当竹实，炯然无外求。血以当醴泉，岂徒比清流。所重王者瑞，敢辞微命休。坐看彩翮长，举意八极周。自天衔瑞图，飞下十二楼。图以奉至尊，凤以垂鸿猷。再光中兴业，一洗苍生忧。深衷正为此，群盗何淹留。

凤凰台在距成县东南七里的凤凰山下，青泥河边。传说有二石高耸，其形若阙，汉代有凤凰栖息其上，因而得名。凤凰是瑞禽，它的出现会给朝廷和国家带来吉祥。杜甫虽然远在成州深山，却系念着尚处于"安史之乱"中的时局，他热切期待凤凰再现，群盗覆灭，国运中兴。凤凰非竹实不食，非醴泉不饮，诗人说，他愿把自己的心当作"竹实"，把自己的血当作"醴泉"，供凤凰幼雏饮啄，这种不惜牺牲自己的献身精神真是令人感动和敬仰。如今，在凤凰山迎面，隔着细流涓涓的青泥河，建有"杜少陵祠"。建筑位于山腰，看上去很宏伟，拾级而上，共59级台阶，纪念杜甫享年59岁。作为纪念性建筑，固然值得一瞻，但从时下的旅游角度着眼，因为地域偏僻，这里恐怕不会招徕多少游人。

乱水通人过，悬崖置屋牢

麦积山

麦积山是天水的骄傲，也是天水的名片。麦积山石窟是与敦煌莫高窟、洛阳龙门石窟、大同云冈石窟齐名的中国"四大石窟"之一。麦积山石窟1961年被国务院公布为第一批全国重点文物保护单位，2014年6月22日，又成功列入《世界遗产名录》。

麦积山石窟位于天水市区东部的麦积区。为了方便秦州与麦积两个区的交通，前些年修建了一条仅17公里长的高速路，当地人戏称这是可以入选吉尼斯纪录的"最短的"高速公路。我们早餐后出发，走完这条极短的高速路，旅游车转向蜿蜒于山间的公路。路边一闪而过"西枝"的地名牌。"西枝村"曾出现在杜诗中，诗人原打算在此营建一处栖身之所，但未能如愿，据说那里也有纪

三 天水

麦积山的佛像

念杜甫的建筑。

汽车开到麦积山下，游人得爬一段坡度平缓的山路。转过一个山湾，高耸的麦积山陡然凸现于眼前。麦积山石窟开凿在一座拔地而起的险峻孤峰上，山形酷似农家堆积起来的麦垛，所以有了这个极为形象的名字。好像天公挥动巨斧，将这座孤峰自上而下削去一半，削出一个弧形的断面，密密麻麻的石窟就开凿在这高20—80米、宽200米的弧形垂直崖面上。据现存史料及碑碣记载，石窟最早开凿于公元四五世纪之交的后秦时代，开窟造像的高潮是南北朝，历经隋唐，至宋代又出现一个高潮。现存窟龛有194个，泥塑、石胎泥塑、石雕造像7800余尊，因而获得了"东方雕塑馆"

从长安到天山

仰观麦积山

麦积山全景

三　天水

的美誉。如今在断崖上修建了蜿蜒曲折的栈道，通向为游客开放的洞窟，人们可以隔着栅栏，观看窟内的佛像。我有幸作为"贵宾"，在工作人员导引下进入三两个洞窟，"零距离"观看几尊雕塑精品。栈道一层层盘旋而上，又盘旋而下，宽度只容一人，"恐高"者是无缘来游的。攀登到高处，人有悬空之感。驻足向远方望去，方知麦积山虽然是一座孤峰，却处于万山环抱之中。一场秋雨过后，碧空如洗，山色如画，远近高低、层层叠叠的峰峦似无边的绿色海洋，麦积山恰似这绿色海洋中的一座仙岛。

杜甫有首写麦积山的诗，题为《山寺》：

在栈道上看山景

野寺残僧少，山园细路高。麝香眠石竹，鹦鹉啄金桃。乱水通人过，悬崖置屋牢。上方重阁晚，百里见秋毫。

诗题之"山寺"，指后秦时代姚兴凿山而建的瑞应寺。杜甫看到的景色很荒凉，但诗中写登山的"细路"，写悬崖上的"重阁"，却是很逼真的。

本家陇西人，先为汉边将

成　纪

现在，我们要把丝绸之路与唐诗的话题由杜甫转向李白。

前些年，四川江油和湖北安陆两地曾发生关于李白的"故里之争"。江油作为李白故里，向来没有异议，邓小平当年曾有"李白故里"的题词。安陆则是李白与许氏夫人建立家庭的地方，他曾"酒隐安陆，蹉跎十年"。李白"初入长安"失意后，在洛阳、开封一带徘徊不归，作有《春夜洛城闻笛》诗："谁家玉笛暗飞声，散入春风满洛城。此夜曲中闻《折柳》，何人不起故园情？"诗人是把安陆称作"故园"。但是，安陆方面似乎并不看重，或者是忽略了"故园"这个专属于自己的美好语词，而把目光盯着"故里"，不许江油独专，执意要与江油分享"故里"的荣光（其实，单从语词角度看，"故园"甚至可以涵盖"故里"，如唐人岑参诗有句"故园东望路漫漫"，毛泽东诗有句"故园三十二年前"）。江油当然不能坐视，

三 天水

要起而捍卫"故里"的唯一性地位。于是一时间在网上闹得纷纷扬扬，不亦乐乎。就在这个时候，劈空传来又一个强势的声音："李白'故里'在天水。"

一点不错，李白曾经写下这样的诗句："本家陇西人，先为汉边将。功略盖天地，名飞青云上。"（《赠张相镐二首》其二），他在《与韩荆州书》中又自称"白陇西布衣"。陇西是秦汉郡名，汉武帝时于其地分设了天水郡。这等于李白向世人宣告，自己是汉飞将军李广的后裔，而李广正是天水人。关于李白家世，还有三条传世的权威资料：一是被李白称之为"族叔"的李阳冰所撰《草堂集序》云："李白，字太白，陇西成纪人，凉武昭王暠九世孙。"一是与李白有密切交往的魏颢所撰《李翰林集序》云："白本陇西。"一是亲见李白之子伯禽"手疏"的范传正所撰《唐左拾遗翰林学士李

秦安县城的太白街

凤山上的青莲念佛堂

公新墓碑》云："公名白，字太白，其先陇西成纪人。"这些资料的记载完全一致，即李白是陇西人，或更具体地说是陇西成纪人。这就是"李白'故里'在天水"的文献依据。但是，这些资料也共同证明着一点，即天水是李白先世所居地，李白的族望可上推至李暠以至李广。先世所居地，与"故里"实在不是一个概念。

既然到了天水，还是要感受一下李白在此地的影响，于是，我们在会议的间隙专程去了一趟秦安县，即唐代秦州成纪县所在的地方。

秦安是天水市属县，距天水市区所在的秦州区只有40公里。我们早饭后由天水乘班车去秦安，看过秦安又赶回天水吃午饭，交通堪称便捷。但两地之间其实隔着重重山峦，公路要穿过三个隧道，最长的卦台山隧道长达两公里多。不难想象，早先从天水到秦安翻山越岭，也是一段艰难的路程。在秦安，看到了成纪大道、成纪宾馆，但却没有"成纪"的具体地名，这个地名已经成了一个充满历史感的"符号"。在当地人士指引下，我们登上了县城制高点凤山。凤山上有古建筑群，有的属佛教，有的属道教。最显眼的，有一处"青莲念佛堂"，据说是纪念李白的。在它的后面，原来还有李白祠，现在已无踪迹。我们在天水的学术会议上，结识了一位来自秦安的王钰先生，他说，秦安有李白研究会，但其活力与天水的杜甫研究会显然不可同日而语。由此可知，天水人士打出"李白'故里'在天水"的旗号，不过是凑一时热闹罢了。

会议期间，在餐桌上听一位当地老先生说到一条谚语："秦安

三　天水

凤山俯瞰秦安县城

的褐子清水的麻,天水出的白娃娃。"褐子,是平民百姓所穿的粗劣衣服,用麻制成,现在恐怕早已绝迹。我忽然联想到,唐代士子考中科举、取得"出身"后,还要经过吏部考试,才能授官,吏部考试称作"释褐试";释褐,就是脱下平民百姓的衣服,换上官服。李白终生没有做过正式的官,即未曾"释褐",这难道是他前世命定的吗?他祖籍成纪,成纪人就是穿"褐子"嘛!

四 河西走廊

从甘肃省会兰州西去,渡过黄河,翻越海拔3562米的乌鞘岭,就进入了河西走廊。河西走廊南面是祁连山,北面是合黎山,南北宽度一般为数十公里,总长约1000公里,直通甘肃与新疆交

张掖之北的合黎山

四　河西走廊

界处。河西走廊是丝绸之路必经的通道,沿走廊自东向西,先后经过武威、张掖、酒泉、敦煌,都是我们一路寻找唐诗的地方。

凉州七里十万家,胡人半解弹琵琶

凉州(武威郡)

2017年5月10日上午7点54分,我乘Z6205次直达快车从兰州出发,前往武威。车行不久,就要过乌鞘岭。我当年乘火车由西安到乌鲁木齐,曾多次经过乌鞘岭,山高坡陡,火车爬山很吃力,在弯道上有时透过车窗能看到两个火车头,一个在前面拉,一

武威火车站

个在后面推，列车如老牛拉车一样"呼哧呼哧"地缓慢前行。上到山巅时，即使盛夏时节也会飘起雪花。这次过乌鞘岭，却完全没有了当年的感受。资料介绍，2006年8月，全长20.05公里的乌鞘岭特长隧道贯通，这是目前中国铁路最长的隧道。这条隧道的开通打破了欧亚大陆桥通道上的"瓶颈"制约，对于丝绸之路经济带的建设具有十分重要的作用。车过乌鞘岭，由以前的"翻越"变成现在的"穿越"，不但速度大大提高，距离也大大缩短，2个多小时就到了乌鞘岭之西的武威南站。记忆中的武威南站，是一个交通枢纽，兰新铁路到了这里，分成南北两路，南路经兰州、西安、郑州到北京，北路经银川、呼和浩特到北京。当年十分热闹的武威南站，现在却变得满目清冷。与列车员聊起来，才知道现在的兰新高铁从兰州取道西宁，直通张掖，把武威绕过去了，武威南站也就失去了昔日的繁荣。但是我想，高铁是为客运服务，欧亚大陆桥则是物流的通道，武威的地方经济与社会发展不应受高铁绕道的太大影响，前景应该是乐观的。

10点47分到达武威。武威在唐代为凉州，现在的武威市区就叫凉州区。唐代，州、郡一级的建制，有时称州，有时称郡，时有变动，所以凉州又称姑臧郡。十六国时期，前凉、后凉、南凉、北凉都曾在此建都，但是，凉州的黄金岁月无疑是在唐代。唐诗中多有与凉州相关的诗篇。

王维于开元二十五年（737）出使凉州，并在河西节度使军幕任判官，写下过反映凉州地方风物的诗作。如《凉州郊外游望》：

> 野老才三户,边村少四邻。婆娑依里社,箫鼓赛田神。洒酒浇刍狗,焚香拜木人。女巫纷屡舞,罗袜自生尘。

如《凉州赛神》:

> 凉州城外少行人,百尺峰头望虏尘。健儿击鼓吹羌笛,共赛城东越骑神。

唐代最著名的边塞诗人高适、岑参天宝年间都在武威写下过富有特色的边塞诗篇。

高适于天宝十二载(753)进入陇右、河西节度使哥舒翰幕府,任左骁卫兵曹,充掌书记,来到节度使驻地武威,在这里写下了许多与武威相关的诗歌,试选读几首:

> 朝登百尺烽,遥望燕支道。汉垒青冥间,胡天白如扫。忆昔霍将军,连年此征讨。匈奴终不灭,塞下徒草草。唯见鸿雁飞,令人伤怀抱。
>
> ——《武威作二首》(其一)

"胡天白如扫",是望中万里无云、四野寥廓的西北边地景象,"扫"字用动词代替形容词,表达效果绝妙。

一队风来一队砂,有人行处没人家。阴山入夏仍残雪,溪树经春不见花。

——《无题》

《高适集》原无此诗,孙钦善《高适集校注》据敦煌残卷伯 3619 补入。"一队"就是"一阵",诗人这里用了西北方言。

结束浮云骏,翩翩出从戎。且凭天子怒,复倚将军雄。万鼓雷殷地,千旗火生风。日轮驻霜戈,月魄悬雕弓。青海阵云匝,黑山兵气冲。战酣太白高,战罢旄头空。万里不惜死,一朝得成功。画图麒麟阁,入朝明光宫。大笑向文士,一经何足穷。古人昧此道,往往成老翁。

——《塞下曲》

这首诗虽然没有具体的叙事内容,但诗中充溢着立功边塞的壮志豪情,无疑是在武威军中所作。

许国从来彻庙堂,连年不为在疆场。将军天上封侯印,御史台中异姓王。

万骑争歌杨柳春,千场对舞绣骐驎。到处尽逢欢洽事,相看总是太平人。

铁骑横行铁岭头,西看逻迤取封侯。青海只今将饮马,黄

四 河西走廊

武威路标

河不用更防秋。

——《九曲词三首》

这组颂诗歌颂哥舒翰对吐蕃战争取得的胜利,展现了边地出现的和平气象。

幕府日多暇,田家岁复登。相知恨不早,乘兴乃无恒。穷巷在乔木,深斋垂古藤。边城唯有醉,此外更何能?

——《武威同诸公过杨七山人》

这首诗为我们提供了幕府日常生活的真实情况,在边塞诗中别开生面。

另一位著名边塞诗人岑参虽然没有在武威军中的生活经历,但他两度从军西域,来往必经过武威,所以也有诗作。天宝十载(751)春,岑参从安西返至武威,作《武威春暮闻宇文判官西使还已到晋昌》:

> 片雨过城头,黄鹂上戍楼。塞花飘客泪,边柳挂乡愁。白发悲明镜,青春换敝裘。君从万里使,闻已到瓜州。

宇文判官是岑参在安西军幕的同事,此时奉命还朝公干,行程已到晋昌即瓜州,岑参寄诗一抒心曲,既有乡愁,又有功业难成的感慨。

五月,岑参在武威又作《武威送刘单判官赴安西行营便呈高开府》:

> 热海亘铁门,火山赫金方。白草磨天涯,胡沙莽茫茫。夫子佐戎幕,其锋利如霜。中岁学兵符,不能守文章。功业须及时,立身有行藏。男儿感忠义,万里忘越乡。孟夏边候迟,胡国草木长。马疾过飞鸟,天穷超夕阳。都护新出师,五月发军装。甲兵二百万,错落黄金光。扬旗拂昆仑,伐鼓振蒲昌。太白引官军,天威临大荒。西望云似蛇,戎夷知丧亡。浑驱大宛马,系取楼兰

四 河西走廊

王。曾到交河城，风土断人肠。塞驿远如点，边烽互相望。赤亭多飘风，鼓怒不可当。有时无人行，沙石乱飘扬。夜静天萧条，鬼哭夹道旁。地上多髑髅，皆是古战场。置酒高馆夕，边城月苍苍。军中宰肥牛，堂上罗羽觞。红泪金烛盘，娇歌艳新妆。望君仰青冥，短翮难可翔。苍然西郊道，握手何慨慷。

高开府是安西节度使高仙芝。刘单将入安西军幕任判官，在武威遇到从西域返回的岑参，岑参作此诗相赠。诗中写到许多西域风物，等于给刘判官上了一课。

天宝十三载（754），岑参再次远赴西域，将要进入北庭都护封常清军幕充任判官，西行途中又经过凉州，写下了一首著名的《凉州馆中与诸判官夜集》：

弯弯月出挂城头，城头月出照凉州。凉州七里十万家，胡人半解弹琵琶。琵琶一曲肠堪断，风萧萧兮夜漫漫。河西幕中多故人，故人别来三五春。花门楼前见秋草，岂能贫贱相看老。一生大笑能几回，斗酒相逢须醉倒。

凉州当时是河西节度使驻节的地方，因此，岑参有机会与当地军幕中"诸判官"在驿馆中"夜集"，就是举办了一次"夜宴"。"凉州七里十万家"，这座规模宏大、人烟稠密的城市，该有多么繁华！"胡人半解弹琵琶"，这座城市的特点是居民中有许多胡人，胡人大都能歌善舞，这正是丝绸之路要冲上形成的文化氛围和城市风貌。"夜集"时有胡人演奏胡乐，气氛格外热烈。诗人开怀畅饮，诗兴大发，写下了"一生大笑能几回，斗酒相逢须醉倒"这样豪纵放浪的诗句，于酒酣耳热之际喊出了无比洪亮的"盛唐之音"。

在武威寻访唐诗，我们自然不能忽略占籍此地的诗人李益。李益是中唐时期著名的边塞诗人，他有一首《从军北征》：

<blockquote>
天山雪后海风寒，横笛偏吹行路难。碛里征人三十万，一时回首月中看。
</blockquote>

诗意萧条悲壮，是边塞诗的名篇。诗题又作《从军北征过凉州》，可能与武威不无关系。

《元和郡县图志·陇右道下·凉州》载："州城本匈奴所筑，汉置为县。城不方，有头尾两翅，名为鸟城。南北七里，东南三里，地有龙形，亦名卧龙城。"这里记载的"七里"，与岑参诗中的"七里"可互证。那么，唐代的凉州城与今天的武威市区是不是同一个地方？我带着"凉州七里十万家"的诗意想象，在武威市博物馆找到了这个问题的答案。博物馆设在文庙中，馆藏碑刻十分丰富。其中有一块前秦时代的墓表，是在金沙乡赵家磨村出土的，墓表明确记载，墓主"葬城西十七里"，博物馆负责人告诉我们，赵家磨村恰在今武威城西十七里的地方。由此可知，唐诗中的凉州城即今武威城区。如今，武威市文庙之南是一个居民休闲的广场，广场的西

四　河西走廊

武威市博物馆藏前秦时代的墓表

侧有条仿古街,穿过这条街道,就到了武威城的南门。新建的南门城楼,十分壮观,城楼的匾额上题写"凉州"二字,此处就成了武威的地标。资料介绍,南门城楼广场占地面积 4 万多平方米,由图腾柱、凉州八景、太平鼎、泮池、金水桥、月台等组成。我看到的一处景观,是广场前有南北走向的浅水池,游人可以沿着池边行走,大理石砌成的池畔上镌刻了介绍凉州历史沿革的文字,还镌刻了许多与凉州相关的唐诗,其中有几首脍炙人口的《凉州词》,如王之涣、王翰及张籍的作品。据《乐府诗集》,"凉州"有"歌"有

从长安到天山

武威的地标南门城楼

"词",题解引《乐苑》:"凉州,宫调曲。开元中西凉府都督郭知运进。"由此可知,盛唐时代凉州地方音乐十分发达,而且传到长安,进入宫廷,对当时诗人们的创作产生了巨大影响,催生了一批唐诗名篇。古老的丝绸之路不仅是一条经济交往之路,也是一条文化交流之路。

凉州盛产葡萄酒。上文讲到李白在长安兴庆宫奉诏撰写《清平调词三首》的故事,诗成后梨园弟子奏乐,李龟年歌唱,"太真妃持玻璃七宝盏,酌西凉州蒲桃酒,笑领歌,意甚厚",杨贵妃杯中盛的就是凉州出产的葡萄酒。王翰《凉州词》写道:"葡萄美酒夜光杯,欲饮琵琶马上催。醉卧沙场君莫笑,古来征战几人回?"

征人醉卧沙场，饮的应该也是凉州的葡萄美酒。生产葡萄酒的传统延续千年，今天仍是武威的优势产业。据报道，当地建成的酿酒葡萄基地达 26 万亩，种植面积占全国酿酒葡萄栽培总面积的 15%。我离开武威后，2017 年 9 月，这里举办了中国河西走廊第七届有机葡萄酒节，到场的人，可以免费品尝各种各样的美酒，想想不知要醉倒多少西行的游客！

大漠孤烟直，长河落日圆

甘州（张掖郡）与居延

2015 年 7 月，中华文学史料学学会的年会由河西学院举办，我受邀赴会，因而得到一次前往张掖的机会。行程是先从北京飞兰州，然后乘高铁由兰州到张掖。兰州新建的高铁站叫兰州西站，当时过往这个站的高铁列车并不多，所以宏敞的候车厅显得空荡荡。从兰州到张掖，历来是乘兰新铁路列车翻越乌鞘岭，经过武威，沿河西走廊再向西行，才到张掖。看时刻表，当下走这条老路的 K 字头快车也要近 6 个半小时。而乘动车，是经西宁到张掖，只要 4 个多小时。从兰州出发，2 小时左右到西宁。西宁高铁站在城市北部，地势很高，俯瞰下去，西宁市尽收眼底。我在 20 世纪 90 年代初去过一次西宁，印象中基本没有高层建筑，现在却是遍地高楼林立，与其他省会城市的宏观风貌相差无几。居高临下看了一眼，就算又一次到了西宁。

从长安到天山

一望无际的油菜花

"金张掖,银武威",是甘肃人自豪的说法。张掖南面是绵延不绝的祁连山,我们去考察祁连山麓的"扁都口",沿途尽是望不到边际的油菜花,铺成连天的金黄色海洋,真应了"金张掖"的赞美之辞。张掖城中心有座镇远楼,四面威风,据说可以和西安钟楼比美。河西学院附近有条"欧式街",两旁全是仿欧式的小洋房,街道尽头建了一座马可·波罗塑像。当年马可·波罗曾在此留驻,而后才走向中原,这也见证了张掖在丝绸之路上的重要性。至于河西学院,用学院人骄傲的说法,她是兰州以西直至乌鲁木齐2000公里范围内唯一的高等学校。

张掖,即唐代的甘州。张掖得名,取"张国臂掖,以通西域"

四　河西走廊

祁连山口

之意，可见张掖在丝绸之路上地理位置的重要。今甘肃省的"甘"字，即来自甘州。但是，张掖在唐诗中却很少出现。检索所得，仅有两首直接言及张掖的诗：

其一，初唐诗人陈子昂随乔知之军西征，到达河西，写有《还至张掖古城闻东军告捷赠韦五虚己》：

> 孟秋首归路，仲月旅边亭。闻道兰山战，相邀在井陉。屡斗关月满，三捷虏云平。汉军追北地，胡骑走南庭。君为幕中士，畴昔好言兵。白虎锋应出，青龙阵几成。披图见丞相，按节入咸京。宁知玉门道，翻作陇西行。北海朱旄落，东归白露

生。纵横未得意,寂寞寡相迎。负剑空叹息,苍茫登古城。

陈子昂素怀大志,这次从军出征却没有得到施展才抱的机会,所以登上张掖古城时情绪显得很落寞。

其二,岑参《送张献心充副使归河西杂句》:

> 将门子弟君独贤,一从受命常在边。未年三十已高位,腰间金印色赭然。前日承恩白虎殿,归来见者谁不羡?箧中赐衣十重余,案上军书十二卷。看君谋智若有神,爱君词句皆清新。澄湖万顷深见底,清冰一片光照人。云中昨夜使星动,西门驿楼出相送。玉瓶素蚁腊酒香,金鞭白马紫游缰。花门南,燕支北,张掖城头碛云黑,送君一去天外忆。

这首诗是岑参在朝中所写,送别的对象张献心,被任命为河西节度副使,要前去赴任。《新唐书·方镇表》记载,河西节度副使"治甘州,领都知河西兵马使",诗的结尾说"张掖城头碛云黑,送君一去天外忆",正印证了史书的说法。

至于甘州,值得一提的是甘州乐。元稹有写甘州乐的《琵琶》:

> 学语胡儿撼玉玲,《甘州》破里最星星。使君自恨常多事,不得功夫夜夜听。

四　河西走廊

黑河

唐代凉州乐中有《甘州》大曲,"破"是音乐术语,指曲子演奏到一半时节奏转为急促,进入高潮。星星,形容乐声美妙。

晚唐诗人薛逢有《醉中闻甘州》诗,也是写听《甘州》大曲的感受:

> 老听笙歌亦解愁,醉中因遣合《甘州》。行追赤岭千山外,坐想黄河一曲流。日暮岂堪征妇怨,路傍能结旅人愁。左绵刺史心先死,泪满朱弦催白头。

诗人当时在绵州刺史任上,官做得不得志,醉中借听甘州乐抒写愁怀。

其实,唐诗中有一个与张掖直接关联的重要地名,那就是居延。将张掖与居延连接起来的,是黑河。黑河发源于祁连山,从张掖城中流过(所以又称张掖河),向西北方向曲折流去,古称弱水。弱水拦腰穿过甘肃,一直流到内蒙古自治区的额济纳旗,在那里涵养出一片水草丰美的绿洲,称作居延海或居延泽。汉代,在这里修筑了居延城。居延连接着漠北草原与河西走廊,是草原丝绸之路上的重要通道。居延南部有峡口山,峡口山既是胡骑南下的要道,又是唐军驻守的要塞,同时也是产生了不少唐诗的地方。陈子昂不但到了张掖,而且到了居延,在居延作有《度峡口山赠乔补阙知之王二无竞》,诗中描写了居延的地理风光:

额济纳河

四　河西走廊

　　峡口大漠南，横绝界中国。丛石何纷纠，赤山复翕赩。远望多众容，逼之无异色。崔崒乍孤断，逶迤屡回直。信关胡马冲，亦距汉边塞。岂依河山险，将顺休明德。……

王维有著名的《使至塞上》诗：

　　单车欲问边，属国过居延。征蓬出汉塞，归雁入胡天。大漠孤烟直，长河落日圆。萧关逢候骑，都护在燕然。

这是诗人以监察御史身份赴河西节度军中慰问戍边将士，行到居延所作。诗写于穿过峡口山时。大漠，指居延南面的巴丹吉林沙漠；长河，指弱水，即额济纳河。视野辽阔，画面壮丽，洵为边塞诗的绝唱。王维虽然是"诗中有画"的写景高手，但非亲历其地，绝不能凭空想象出"大漠""孤烟"这样的诗句。

　　王维这次"问边"的过程中还写有一首《出塞作》：

　　居延城外猎天骄，白草连天野火烧。暮云空碛时驱马，秋日平原好射雕。护羌校尉朝乘障，破虏将军夜渡辽。玉靶角弓珠勒马，汉家将赐霍嫖姚。

壮美的边塞风光与豪纵的边塞生活场景相辉映，代表了典型的盛唐边塞诗风格。

巴丹吉林沙漠

还有些诗人也写到了居延,但他们并没有亲历其地,他们笔下的居延就只是边地的代称。如张仲素《秋思二首》之二:

秋天一夜静无云,断续鸿声到晓闻。欲寄征衣问消息,居延城外又移军。

我并没有亲往居延考察。以上关于居延的介绍,来自友人高建新教授《居延及唐诗中的居延》一文,图片也是他提供的。谨此说明并致谢忱!

四　河西走廊

葡萄美酒夜光杯，欲饮琵琶马上催

肃州（酒泉郡）

2018年8月4日晚，我乘乌鲁木齐至汉口的Z294次直达快车，前往酒泉。也有动车，但得坐约7个小时，感到吃不消，所以选择了夕发朝至的卧铺车。5日晚又乘卧铺车返回乌鲁木齐，来去匆匆，在酒泉的考察仅为一天，但收获仍觉满满。

酒泉在唐代为肃州，位于甘州（今张掖）之西、沙州（今敦煌）之东。酒泉与敦煌之间还有安西县，在唐代为瓜州，我的足迹未到。酒泉市的城市规制，很像西安，东西南北四条大街在市中心交会，十字街心耸立着宏伟的鼓楼。鼓楼是三层木结构的塔形楼，四面高悬的巨匾上，分别书写"东迎华岳""西达伊吾""南望祁连""北通沙漠"，标示着酒泉的重要地理位置和交通枢纽意义。

酒泉是全国唯一以"酒"为名的城市，它得名于一个传为美

酒泉市中心的鼓楼

酒泉市博物馆里的油画及雕塑

谈的故事：汉武帝元狩二年（前121），骠骑将军霍去病西征匈奴，大获全胜，汉武帝御赐美酒为他赏功。霍去病以为功在全军，人多酒少，遂倾酒于一眼泉中，与将士共饮，于是就有了"酒泉"。这眼泉至今犹在西汉酒泉胜迹公园里，公园里有霍去病倾酒入泉的群雕，酒泉市博物馆里也有描绘这个场面的巨幅油画。"战士军前半死生，美人帐下犹歌舞"（唐·高适），"一将功成万骨枯"（唐·曹松），这些诗句揭露了军中的不平，是古代人们对将军与士兵矛盾的普遍认识。而霍去病却能与士兵同甘共苦，所以得到世世代代的赞美与怀念。

西汉酒泉胜迹公园里另一处吸引游人的景观，是"左公柳"。光绪初年，左宗棠西征新疆讨伐外来侵略者建立的阿古柏伪政权时，大营设在酒泉。西征途中，眼见河西大地一片荒凉，左帅令大军广植柳树，力图改变这一路的自然生态。这些柳树被后世称为"左公柳"。西汉酒泉胜迹公园的湖边，有一株枝叶繁茂的老柳树，

四　河西走廊

据说就是左宗棠手植,游人在树下驻足,无不生出对先贤的敬仰之情。后面,在"玉门关"一节,我们还要回顾"左公柳"的故事。

说到酒泉的酒,自然要说到夜光杯。人们熟知王翰的著名诗篇《凉州词》:

> 葡萄美酒夜光杯,欲饮琵琶马上催。醉卧沙场君莫笑,古来征战几人回?

夜光杯里斟满葡萄美酒,代表着令人依恋、陶醉的人生享受。这首传颂千古的诗篇,道出了出征将士们的豪情,更道出了他们内心深处的悲慨,堪称人性的绝唱。夜光杯的原料是祁连玉,在西汉酒泉胜迹公园里,放了一块巨型祁连玉,散发着墨绿色的光泽。然而回过头想,河西走廊上的城市全都依傍着南面的祁连山,而夜光杯却成了酒泉的传统专利,这是不是因为酒泉的名字包含了"酒"字呢?鼓楼近旁有一家夜光杯厂家的店面,柜台里展放着琳琅满目的夜光杯产品,王翰的《凉州词》是这些产品现成的广告词。听店里工作人员介绍,"夜光"是指杯中盛满酒时,月光照射在液面上,有光

上乘的夜光杯

亮闪烁。杯子的壁越薄、薄到透亮,"夜光"的效果越佳,杯子当然也就越值钱。时下,夜光杯的制造工序前一半是用机械,后一半还得人工精雕细刻,所以离不开工匠。

酒泉美酒声名远播,使这个古老的城市成了令人向往的地方。杜甫的《饮中八仙歌》就唱道:"汝阳三斗始朝天,道逢曲车口流涎,恨不移封向酒泉。"汝阳是玄宗的侄子汝阳王李琎,他的愿望是酒泉成为自己的封地,以便痛痛快快地饮酒。当然,这是诗人杜甫代他抒情,他其实没有这样的福分。真正到了酒泉的,仍是边塞诗人岑参。

岑参在西域军中时往来经过酒泉,写了多首与酒泉相关的诗,但这些诗篇的基调并不是抒写享受美酒的欢乐,而是思念长安:

燕支山西酒泉道,北风吹沙卷白草。长安遥在日光边,忆君不见令人老。

——《过燕支寄杜位》

昨夜宿祁连,今朝过酒泉。黄沙西际海,白草北连天。愁里难消日,归期尚隔年。阳关万里梦,知处杜陵田。

——《过酒泉忆杜陵别业》

太守有能政,遥闻如古人。俸钱尽供客,家计亦清贫。酒泉西望玉关道,千山万碛皆白草。辞君走马归长安,思君倏忽令人老。

——《赠酒泉韩太守》

四　河西走廊

唯有这首《酒泉太守席上醉后作》,写了军中饮乐场面:

> 酒泉太守能剑舞,高堂置酒夜击鼓。胡笳一曲断人肠,座上相看泪如雨。琵琶长笛曲相和,羌儿胡雏齐唱歌。浑炙犁牛烹野驼,交河美酒金叵罗。三更醉后军中寝,无奈秦山归梦何!

这首诗似作于天宝十四载(755),岑参当时在北庭节度使军中任度支副使,到酒泉公干,酒泉太守为他设晚宴接待。因为酒泉地近西域,所以宴会上的歌舞音乐富有西域特色,"浑炙犁牛"更胜过今天的新疆美食烤全羊。"交河美酒"如同今天的吐鲁番葡萄酒。金

巨型祁连玉

叵罗是一种酒杯，李白诗中就有"蒲萄酒，金叵罗，吴姬十五细马驮"的句子。美酒虽能醉人，但诗人醉后梦中仍是对故乡的思念。乡愁，是边塞诗挥之不去的底色。

重开千佛刹，旁出四天宫

沙州（敦煌郡）

2017年5月11日晚20点52分，我乘K9667次火车离开武威，前往敦煌，在卧铺上酣睡一夜，12日晨7时到达。

敦煌在唐代为郡名，也称沙州。岑参西行途中来到沙州，受到地方官接待，写了一首《燉煌太守后庭歌》：

> 燉煌太守才且贤，郡中无事高枕眠。太守到来山出泉，黄沙碛里人种田。燉煌耆旧鬓皓然，愿留太守更五年。城头月出星满天，曲房置酒张锦筵。美人红妆色正鲜，侧垂高髻插金钿。醉坐藏钩红烛前，不知钩在若个边。为君手把珊瑚鞭，射得半段黄金钱，此中乐事亦已偏。

诗的前半为太守唱赞歌，"太守到来山出泉，黄沙碛里人种田"二句反映了当地灌溉农业的特点，这里降雨量极少，一旦发现了泉水，引来灌田，"黄沙碛里"就会造出一片绿洲，种植业随即发展起来。这泉水可能恰恰是太守到来后发现的，也可能是太守兴修水

四　河西走廊

利,充分利用了这份水资源,所以得到诗人的赞美。诗的后半如诗人在武威写下的《凉州馆中与诸判官夜集》一样,也是浓墨重彩地写一场"夜宴",但这里是太守做东,所以酒筵上有美人歌舞侑酒,还与客人一起玩了"藏钩"的游戏,宴会的气氛十分欢快,诗人感到十分享受,十分尽兴。20世纪80年代初,柴剑虹先生在苏联藏敦煌文书中发现了这首诗的残卷,题为《敦煌马太守后亭歌》,"庭"与"亭"同音,在传抄中很可能混淆,但标明了这位太守的姓氏,却是重要的信息。

敦煌因莫高窟而闻名于世。岑参来到敦煌的时候,莫高窟已经形成并且在继续开凿中,但因为地处郊野,诗人足迹未到,所以诗篇中没有涉及。然而莫高窟却出现在了敦煌当地诗人的作品中,一位佚名诗人写了一首《莫高窟咏》:

> 雪岭干青汉,云楼架碧空。重开千佛刹,旁出四天宫。瑞鸟含珠影,灵花吐蕙蘘。洗心游胜境,从此去尘蒙。

诗中对莫高窟景物有生动的描写。"雪岭"应指敦煌的三危山,站在莫高窟前,望中对面就是三危山,这座山早在《尚书》中就已出现,据介绍那里现在也开发成了一个景区。

我来敦煌,这应是第四次。随着旅游业的飞速发展,这座小城市的面貌也在飞速变化。走在敦煌的大街上,宽阔的马路,时尚的店铺,豪华的星级酒店,五光十色的广告牌,感觉与发达地区的城市完全没有两样。回看前两天所在的武威,则完全是西北地区地级市质朴无华的面貌。印象最深的,是敦煌大街人行道上的地砖,走几步,脚下就会出现一幅大约一米见方的平面石雕,雕刻着敦煌附近出土的文物图像,使游人直观地感受到敦煌地区历史文化积淀的厚重。经了解,敦煌城市面貌的巨变,缘于2016年9月举行的"首届丝绸之路(敦煌)国际文化博览会",人们简称为"文博会"。为了迎接这个盛会,当地政府花大力气改造了这座城市的"硬件",使她面目一新。街面上仍能看到一年前"文博会"的宣传灯箱,显示着刚刚过去的一段辉煌。

郭沫若题写的莫高窟门额

四　河西走廊

道士塔

　　敦煌的夜市也值得一说。夜市是专为四方游客服务的,街面繁华得令人眼花缭乱,灯火辉煌得令人眩晕。店铺和摊位出售的大都是旅游工艺品,许多工匠现场制作线刻雕花盘子,吸引了不少游人驻足观看。夜市的饮食店,几乎清一色是烧烤。白天,出租车司机曾好意提醒我们,不要到夜市上吃饭,但禁不住诱惑,怀着"不妨一试"的好奇心,我们还是光顾了一家烧烤店。结果是不但口味一般,而且价格贵得出奇,最不可思议的是居然每人要收 5 元餐具费,餐具还不是一次性的。这恐怕是全国首创。事后想想,这些店家绝不指望回头客,只要"宰"你一回就够了,明天又会换一拨新的游客,这大概就是他们的经营之道。旅游市场造成的这种畸形商业，不知道有没有一直延续下去的生存能力。事实上如果不去夜市，敦煌街道上的饮食店一般都物美价廉，非常实惠。

敦煌的经济、文化都是以莫高窟为依托。莫高窟天天游人如织。游客们都会在莫高窟的标志性建筑"九层楼"前留影，并且排成整齐的队列，跟随导游进入规定的几个开放洞窟，观看雕塑和壁画，"浅尝辄止"地领略佛教艺术的辉煌。但要说到唐诗与敦煌的关系，我们就得把目光转向第 17 窟以及这个洞窟内的"藏经洞"。1900 年，看守莫高窟的道士王圆箓在清理窟内流沙时，无意间发现了 17 窟窟壁上的一个洞口，里面藏满了经卷和文书，这个洞窟

莫高窟的标志"九层楼"

四　河西走廊

藏经洞

后来被称为"藏经洞"。洞中所藏,包括了许多唐诗写本。这些写本大量流失于海外。一百多年来,唐诗学者们前后接力,进行了不懈的搜集、整理和研究,他们的劳动成果极大地丰富了唐诗文献的存量。这些成果目下已凝聚成两部代表性著作:一是项楚校注《王梵志诗校注》(上海古籍出版社1991年),一是徐俊纂辑《敦煌诗集残卷辑考》(中华书局2000年)。敦煌发现的唐诗,主要内容可概括为以下几个方面:

一是发现了王梵志的白话诗。20世纪80年代我给中文系本科生上基础课"中国文学史",曾经在教科书之外介绍过王梵志诗,许多年后,有当年的学生写回忆文章,说对"他人骑大马,我独跨驴子。回顾担柴汉，心下较些子"这首诗仍有印象，从中悟出了做一个普通人的道理。读了王梵志诗，就知道唐人的书面语和口头白话还是有区别的。

二是发现了许多清编《全唐诗》未收的作品，为唐诗的库存增添了宝贵内容。最重要的，比如韦庄的《秦妇吟》，反映黄巢军攻破长安的景况，有"史诗"般的价值，这首诗238句，1666字，是现存唐诗中最长的一首。试想，缺了《秦妇吟》，将造成唐诗编集与研究多么巨大的空白！上文征引过的敦煌当地佚名诗人写下的《莫高窟咏》，也不在《全唐诗》中，而见于敦煌文书中的《沙州燉煌二十咏》。

三是发现了与传世唐诗文本有文字差异的唐诗写本，这在校勘学上有十分重要的意义。比如在敦煌文书中编号为伯2567的唐诗写本，被罗振玉署名为《唐人选唐诗》，一百多年来广为流传，是唐诗学者手头不可或缺的重要原始文献。

本书不是学术著作，关于藏经洞所藏唐诗，做这样的简单介绍想来也就够了。

羌笛何须怨杨柳，春风不度玉门关

玉门关

我这次来敦煌，以此为落脚点，还要寻访玉门关和阳关。

由敦煌市区去玉门关和阳关很方便。那天，我们花400元包了

四　河西走廊

一辆出租车，一天时间，把两个著名的景区全看了。车子出了敦煌市区向西，就上了专用的"两关"公路。半道分岔，玉门关向西北，阳关向西南。我们先去了玉门关。岔路口的路标显示，此去玉门关64公里。

一路都是漫漫黄沙。视野很开阔，除了黄沙，望中没有别的景物。临近景区，一座牌楼横在路中，横额上下分列"玉门关景区"和"敦煌地质公园"两个名称。景区门票的背面，印着"通关文牒"字样，盖着"敦煌郡印"的红色印章，落款是"敦煌郡司户参军签"，引导游客穿越时空，倒是有些情趣。再行不远，迎面出现了兀立在无垠平沙中的小方盘城，这便是玉门关。

小方盘城是汉代玉门关的遗址。距离小方盘城不远的地方有汉长城遗址，玉门关正是长城上的一个关口，也是丝绸之路上的重要关隘。城垣接近正方形，资料显示，东西长24米，南北阔26.4米。

敦煌城北"两关"公路上的路标

走近玉门关

135

从长安到天山

通向小方盘城内的栈道

城墙高9.7米,给人稳如磐石、坚不可摧的视觉感受。游人可以踩着木栈道进入城内,零距离地观看黄胶土筑成的墙体。城外也铺了一条木栈道,通向搭建在高敞处的观景台。站在观景台上环顾四周,荒原上散布着一片片水洼,生长着一丛丛芦苇,给黄沙漫漫的原野增添了一些生机。小方盘城东北方向11公里处,还有大方盘城。大方盘城也叫河仓城,是一处仓储遗址。遗址为长方形,东西长达132米,南北阔17米,总体规模比小方盘城大得多。更大的区别在于小方盘城城垣完好,所以总体封闭;大方盘城是断壁颓垣,完全暴露在天穹之下,一些坍塌的墙体任其凌乱地堆积,所以更多苍凉之感。我们绕着城垣走了一周,看到破碎城墙

四　河西走廊

大方盘城

大方盘城遗址墙洞

形成的洞穴里,居然卧着两只羊,让人觉得这处遗址的管理真是够开放。

此处既然是汉代的玉门关,那么,唐代的玉门关在何处?历史学家告诉我们,唐代玉门关是在敦煌东北方向约100公里的瓜州县境内,遗址已被水库淹没。既然如此,就无法寻访了。然而,来到汉玉门关,遥想两千年前张骞、班超由此出关远赴西域的历史故事,足以引发人们的思古幽情,因此,如果不是考古,而从寻找诗意的角度探访玉门关,行到此地也就满足了。

玉门关在诗人心目中是内地与西域的界限,是边塞的象征。作为一个符号化了的意象,玉门关(或称玉关)无数次地出现在诗人笔下,被反复咏唱。唐诗写玉门关,最著名的自然是盛唐诗人王之涣那首千古绝唱《凉州词》:

> 黄沙远上白云间,一片孤城万仞山。羌笛何须怨杨柳,春风不度玉门关。

王之涣是开元天宝间人,《唐才子传校笺》"王之涣"条载有主编傅璇琮先生亲自撰写的笺证文字。传主生平事迹见于墓志,他一生只做过衡水主簿和文安县尉,足迹未涉西北边地。然而他凭借想象描写玉门关景色,却真切得如同亲历亲见一样。这首诗的首句,有两个版本,一个是以《唐才子传》为代表的"黄沙远上白云间",另一个是以《唐诗三百首》为代表的"黄河远上白云间"。因为

《唐诗三百首》在后世影响独大,"黄河"又是人们十分熟悉的语词,所以,一般读者往往把首句记诵为"黄河"。但黄河确实距离玉门关很远,而"黄沙"正是玉门关的真实背景。只要你到了玉门关遗址,就无疑地会选择"黄沙"而不选"黄河",玉门关实实在在是屹立于漫天黄沙中的一座孤城。异文的出现,其实难怪,"沙"字与"河"字,用草体书写,几乎没有区别,所以,两个版本可能早在传抄过程中就出现了。甚至第三字"远",在《唐诗纪事》中写成"直",我想也是因为这两个字的草书写法有可能混淆。读唐诗遇到类似异文,必须考虑传抄过程中出现相似字形这个传播学因素。

作者与景区保洁工合影

这首《凉州词》的独特艺术魅力不仅在前两句的写景，更在于后两句的抒情，尤其"春风不度玉门关"一句，既写出了关内关外自然环境与物候的差异，更写出了行人的心理感受，因而成为边塞诗的经典名句。世世代代，有多少出塞的行人感受了诗句带来的悲壮与苍凉。直到清光绪初年，这个名句才被改写。当时，左宗棠统领湘军西征，讨伐入侵新疆的阿古柏伪政权。大军西行途中，一路栽种柳树，力图改造河西一带的生态环境，这些柳树被后世称为"左公柳"。光绪五年（1879），一位名叫杨昌濬的大员应左宗棠之约前往肃州大营，看到柳树成林的景象，写了《恭诵左公西行甘棠》一诗："大将筹边尚未还，湖湘子弟满天山。新栽杨柳三千里，引得春风度玉关。"反用唐诗典故，将千古悲情化为豪情，令人击节称赏。随着现代社会的巨大进步，"春风不度玉门关"的悲情感受在行人心理上已大为淡化。然而自然条件几乎是亘古不变的，今天，人们乘坐高铁行至玉门关外，一眼望去，全是乱石铺地、寸草不生的茫茫戈壁，仍会引起与唐代诗人的共鸣。

与王之涣《凉州词》如同姊妹篇的，是王昌龄的一首《从军行》：

青海长云暗雪山，孤城遥望玉门关。黄沙百战穿金甲，不破楼兰终不还。

王昌龄虽然是盛唐时代的著名边塞诗人，但并没有边塞生活经历，这一点他与王之涣是一样的。他写玉门关，也与王之涣一样，写了

"黄沙"和"孤城"。可见在唐代诗人心目中,这两个词就是玉门关的特征,玉门关的形象已经凝固化。这个形象既具有地理含义,又具有历史含义,知名度非常高。至于王昌龄诗的首句"青海长云暗雪山",实地到过玉门关的人就会明白,诗句所写并非实景,玉门关的背景上不见雪山。而当我们来到阳关的时候,才知道诗人歪打正着地把阳关的背景移到了玉门关。

李白诗中也写到了玉门关,最著名的是以乐府旧题所写的《关山月》,诗的开头几句是:

明月出天山,苍茫云海间。长风几万里,吹度玉门关。

李白的先世于隋朝末年流寓碎叶,当下研究界普遍认为今吉尔吉斯斯坦境内的碎叶城遗址是李白出生地。诗人五岁时随家人回归内地,他记忆中应该留有西域山川风物的印象。所以,天山明月、苍茫云海、万里长风这些景物便能在他笔下流泻而出,并且生发天山明月被万里长风"吹度玉门关"的美妙想象。玉门关或许是他幼时经历过的地方,他正像那天山明月一样,是被万里长风"吹度玉门关",从遥远的西域吹送到了李唐天子的脚下。

欲了解唐代玉门关的真实境况,还得读岑参的诗。诗人在北庭军中任职期间,曾往玉门关公干,写下了纪实性很强的《玉门关盖将军歌》:

从长安到天山

> 盖将军,真丈夫。行年三十执金吾,身长七尺颇有须。玉门关城迥且孤,黄沙万里白草枯,南邻犬戎北接胡。将军到来备不虞,五千甲兵胆力粗,军中无事但欢娱。暖屋绣帘红地炉,织成壁衣花氍毹。灯前侍婢泻玉壶,金铛乱点野酡酥。紫绂金章左右趋,问著只是苍头奴。美人一双闲且都,朱唇翠眉映明矑。清歌一曲世所无,今日喜闻《凤将雏》。可怜绝胜秦罗敷,使君五马谩踟蹰。野草绣窠紫罗襦,红牙镂马对樗蒱。玉盘纤手撒作卢,众中夸道不曾输。枥上昂昂皆骏驹,桃花叱拨价最殊。骑将猎向城南隅,腊日射杀千年狐。我来塞外按边储,为君取醉酒剩沽。醉争酒盏相喧呼,忽忆咸阳旧酒徒。

诗人笔下的玉门关与王之涣、王昌龄诗中一样,是坐落在"黄沙万里"中"迥且孤"的关城,但这座孤城中并不荒凉。诗题中的盖将军,据闻一多《岑嘉州系年考证》,即河西兵马使盖庭伦。诗歌具有很强的写实性,核心内容是铺写"军中无事但欢娱"的饮乐场景,写到了室内环境、饮食酒肴、听歌、博戏、射猎等许多欢娱之事,最吸引人眼球的是"美人一双闲且都",令诗人不胜艳羡。诗歌为我们提供了了解唐代边将日常生活状况的第一手资料,也使我们体验到西域地区一些独特的生活方式,比如"织成壁衣花氍毹"一句,壁衣是室内墙壁上挂的毯子,兼有装饰和保暖的作用。现在新疆少数民族的居室中几乎家家有"挂毯",仍保留了这样的装饰习惯。

四　河西走廊

劝君更尽一杯酒，西出阳关无故人

阳　关

　　当天上午考察过玉门关，即掉头奔向西南方向的阳关遗址。再次经过"两关"公路的岔路口，路标显示，此处到阳关的距离是32公里。一路也是漫漫黄沙。起了一阵风，风把黄沙吹上公路，细细的沙粒在黑色的柏油路面上流动，居然荡起水波一样的涟漪。

　　中午时分，车子驶入一片绿洲。有了村庄，有了绿树，有了水渠，有了葡萄园。道旁竖立的牌子上写着的村名是"龙勒村"。西汉时，曾设立过龙勒县，村庄由此得名。我们在路边一家小饭店吃过午饭，就去观看阳关遗址。阳关遗址其实早已不存在，留存至今的，仅仅是一座残破的烽燧。望中可见，烽燧屹立在一个高耸的小山顶上，烽燧远方的背景，是一带绵延巍峨的雪山，十分壮观，倒

阳关路标

龙勒村

从长安到天山

龙勒村的水渠

应了王昌龄描写玉门关的诗句"青海长云暗雪山"。

阳关置于西汉,与玉门关一样是丝绸之路上的重镇,但在唐代已经废弃,前引唐人所写《沙州燉煌二十咏》中有一首《阳关戍咏》:

> 万里通西域,千秋尚有名。平沙迷旧路,眢井引前程。马色无人问,晨鸡吏不听。遥瞻废关下,昼夜复谁扃?

诗中景象一片荒凉,并且直接用了"废关"一词,可见已经弃置不用。难怪再过了一千多年,我们今天所看到的就只有这座残破的烽燧了。

四　河西走廊

遥望阳关西方的雪山

关于这个问题，我曾经的学生史国强教授早在2007年第1期《西域研究》就发表过《阳关与阳关诗》一文，指出"始建于汉代的阳关，在唐代早已退出历史舞台，基址残存，在军事、交通上已无实际意义。自南北朝诗人庾信将之引入诗歌创作，'阳关'就成为一个富有历史文化内涵的诗歌语汇，而不具有指实性。"遗憾的是，这个结论至今仍未引起学界的充分关注和肯定。

到达景区，横亘在眼前的是前些年建成的"阳关博物馆"。博物馆的模样是一座城池，颇为雄伟。馆内展品不算丰富，相比而言，门票价格相当不菲。展柜中有一块魏晋时代的"阳关砖"，应该不是复制品。然后，乘景区的摆渡车，顺着一条斜路爬山上行，

145

到达阳关烽燧脚下。行人顺着山势再攀行百十米,就到了烽燧跟前。烽燧四周有围栏,人们可以绕行一周,从不同方向近距离观看。资料介绍,烽燧本身的高度是4.7米,但因为地势踞高,所以仍有雄视四方的威风,视野达方圆数十里。

烽燧后方,是一望无际的平滩,已经消失的阳关就建在这块辽阔的滩地上。因为这里曾经遍地是文物残片,所以俗称"古董滩"。我们遇到一位农妇,挎着篮子,兜售本地产的小食品,她充当了义务解说员,用手臂指向古董滩的西南方,那里有一个绿树葱茏的村庄,她说那就是阳关镇,有4000人口。又指着隐隐约约的一片水面,说那就是渥洼。渥洼,汉武帝时出天马的地方,现在是一个水

古董滩

四　河西走廊

库。她又指向西边天际连绵的雪山，说山那边就是新疆了。

因为送我们上山的摆渡车在等候，所以不能在山顶久留，匆匆拍了照片即乘车下山。山下少事徘徊，看到路边有一尊石雕像，应该是诗人王维，他左手持酒杯，右手斜指远方。雕像左下方一块低矮的石头上，刻着《送元二使安西》这首著名的诗篇。诗的下方还有一个粗糙的印章，上刻王维诗句"长河落日圆"。前面说过，阳关在唐代已经是一座废关，王维的行迹也并未到达这里，所以，当"阳关"的意象在王维和其他唐代诗人笔下出现时，他们都是在用典，用汉代的阳关故事。比如，王维另有一首《送刘司直赴安西》的诗，写道：

阳关烽燧

> 绝域阳关道，胡沙与塞尘。三春时有雁，万里少行人。苜蓿随天马，蒲桃逐汉臣。当令外国惧，不敢觅和亲。

诗对阳关的描写，纯为"常识性"的想象。

然而，由于"劝君更尽一杯酒，西出阳关无故人"的诗句唱出了无数征人的悲壮情怀，唱出了萦绕于送行者和远行者心头的乡情、友情及一言难尽的世俗人情，王维的诗在唐代便传唱开来，引起众多诗人的共鸣。比如，张祜《听歌二首》其二：

> 十二年前边塞行，坐中无语叹歌情。不堪昨夜先垂泪，西去阳关第一声。

阳关下的王维雕像与诗碑

又比如李商隐《赠歌妓二首》其一:"断肠声里唱阳关。"谭用之《江馆秋夕》:"谁人更唱阳关曲,牢落烟霞梦不成。"崔仲容《赠歌妓》:"渭城朝雨休重唱,满眼阳关客未归。"唐人还给这首诗配了乐曲,成为著名的《阳关三叠》,音乐与文学的结合更促进了诗的传播,李商隐《饮席戏赠同舍》就有"唱尽阳关无限叠"的句子。白居易《对酒五首》其四,更把送别之情扩展为人生苦短的感情抒发,其诗写道:

> 百岁无多时壮健,一春能几日晴明?相逢且莫推辞醉,听唱阳关第四声。

"第四声"是从"劝君更尽一杯酒"句开始重唱。直到今天,人们仍能听到优雅的古琴曲《阳关三叠》,显示了这首小诗无穷的生命力。

五　哈密

三秋大漠冷溪山，八月严霜变草颜

伊州（伊吾郡）

由敦煌"西出阳关"，即进入新疆。唐代，今天的新疆地区属陇右道。以行政管理方式来说，唐代在今新疆东部设有西州（今吐鲁番地区）、伊州（今哈密地区）及庭州（今乌鲁木齐及昌吉地区），三州之下各有属县。这三个州自贞观十四年（640）起与全国各地一样实行州县制。此外，或设军镇，即"安西四镇"；或设羁縻州府。前者是军政合一的管理模式，后者则是松散的部落自治模式。

进入新疆第一站是伊州。伊州州治在今哈密市，所以，今天的哈密市区就称"伊州区"。《乐府诗集》"近代曲辞"中有《伊州歌》十首，"题解"引《乐苑》曰："西京节度盖嘉运所进也。"盖嘉运是开元年间经营西域的名将，"西京"似应作"西凉"。"近代曲辞"

五　哈密

出于隋唐之世，所以，十首《伊州歌》可以纳入唐诗。这些诗或为七言绝句，或为五言绝句，都是便于歌唱的。其中与边塞题材有关的，是以下几首：

秋风明月独离居，荡子从戎十载余。征人去日殷勤嘱，归雁来时数寄书。

长安二月柳依依，西出流沙路渐微。阏氏山上春光少，相府庭边驿使稀。

三秋大漠冷溪山，八月严霜变草颜。卷旆风行宵渡碛，衔枚电扫晓应还。

哈密市在天山南麓，哈密市的属县巴里坤哈萨克自治县在天山北麓。唐代，北庭节度使下辖瀚海军、天山军和伊吾军三支野战部队，伊吾军驻甘露川，甘露川即在巴里坤。2016 年 8 月，我专程考察了巴里坤。

去巴里坤的行程，是从乌鲁木齐先乘动车到哈密，停宿一晚，次日乘长途汽车翻越天山，到达巴里坤。公路在天山峡谷中开辟而成，十分险峻。峡谷窄处，如同"一线天"，壁立的巉岩几乎要压到车顶上，令人惊心动魄。行经一处地方叫寒气沟，听这地名就能想象地势与天气的险恶，窗外霎时飘起了纷纷雪花。据说，新公路正在建设中，一条隧道将打通天山南北。不难设想，新路建成之日，行程将大大缩短，免去了行路的艰辛，但翻越天山的一路景色

从长安到天山

巴里坤草原

也就看不到了。

翻过山后，来到天山北麓，景色骤然变为苍翠的绿色，四围全是无边无际、满坑满谷的松林。此地叫松树塘，清代诗人洪亮吉写过著名的《松树塘万松歌》。松树塘位于三岔路口，向南是哈密，向东北是伊吾，向西北是巴里坤。在松树塘可登上海拔2700多米的黑绀岭，峰顶建有天山庙。唐贞观十四年，侯君集率朝廷大军征高昌，行至此地，副将姜行本撰成纪功碑，碑文记载了"贞观十四年五月十日，师次伊吾折罗漫山，北登黑绀岭"的史迹。天山在唐代又称折罗漫山。姜行本纪功碑原在松树塘，现藏于新疆博物馆。

巴里坤城楼

因为封山修路,我未能登上黑绀岭。

这里还得记一笔,2016年3月在新疆因车祸去世的中国社会科学院文学所研究员杨镰,"文革"期间作为北京知青曾在松树塘的军马场接受"再教育",他的墓就在松树塘的万山丛中。我往返匆匆而过,来不及寻找他的墓地。巴里坤考察结束后,我专程来到伊吾,县城南山的烈士陵园近旁有杨镰的衣冠墓。墓碑上镌刻的一行文字,是"在书山与瀚海之间",概括了墓主的一生。我肃立墓前,给这位老朋友献上了一束野花。杨镰一生研究成果极其丰富,就唐诗研究而言,其学术贡献首推发表于《文学评论》1991年第3期的论文《〈坎曼尔诗笺〉辨伪》。事情缘起于20世纪60年代初，新疆博物馆两位工作人员出于一种"政治觉悟"，伪造了唐代元和年间一个叫坎曼尔的农民写的一首题为《诉豺狼》的诗，诗中控诉了"东家"剥削农民的罪行，很积极地配合了当时全国的阶级斗争形势教育。杨镰经过长期研究与调查，终于找到作伪者，澄清了事实真相。杨镰的论文写得像侦探小说，引人入胜，是文学研究论文中难得的"奇葩"。记得杨镰当时给我打电话说，当他与作伪者当面弄清了事情真相后，走出博物馆大门，乌鲁木齐正漫天飞雪，他仰面长吁一口气，真有如释重负的快感。杨镰去了，他的学术贡献却永在！

伊吾的杨镰衣冠冢

山路犹南属，河源自北流

蒲类津

"初唐四杰"之一的骆宾王，这位被闻一多称作"博徒革命家"（《唐诗杂论·四杰》）的诗人，曾经从军西域，踏上巴里坤的土地。20世纪80年代，作为骆宾王后裔的骆祥发先生先后出版了《骆宾王诗评注》《骆宾王评传》等著作，对骆宾王进行了系统研究。据骆祥发的说法，骆宾王是于唐高宗咸亨元年（670）从军出塞。最新的研究成果，则是浙江大学胡可先教授于2018年8月在"中国唐代文学学会第19届年会"上发表的《骆宾王从军西域事辨证》一文。胡可先的考证，认为骆宾王是在调露元年（679）随吏部侍郎裴行俭征讨西突厥来到西域。

我们知道，唐代的"边塞诗"总体上可分作两大类，一类是未到边塞之人受时代风气影响而写的想象抒情之作，另一类则是亲历边塞的诗人写下的写景、纪事及抒怀之作。后一类无疑更可珍贵，骆宾王的西域诗正是这类诗作的代表。来到巴里坤时，他写有《夕次蒲类津》：

> 二庭归望断，万里客心愁。山路犹南属，河源自北流。晚风连朔气，新月照边秋。灶火通军壁，烽烟上戍楼。龙庭但苦战，燕颔会封侯。莫作兰山下，空令汉国羞。

蒲类津，也称蒲类海，今名巴里坤湖。我到巴里坤后，就住在"蒲

蒲类海大酒店

类海大酒店"。诗的首句"二庭",指西突厥的南、北王庭,诗人来到的地区正在北王庭范围。"山路"二句,真实描写了天山北麓的地理特征,条条山路向南通往天山,所有河流都从天山发源向北流去。"灶火""烽烟"也都是军中实景。结尾抒写诗人跟从大将出征的豪情,很有气魄。

巴里坤湖位于今巴里坤哈萨克自治县县城西北18公里处的天山怀抱中,海拔1585米,是一个高原湖泊。湖水由多条河流和泉水汇聚而成,现今湖面东西宽约9公里,南北长约20公里,面积约113平方公里。与新疆的其他著名湖泊相比,巴里坤湖不似博斯腾湖的洪波浩渺,也不似赛里木湖的碧波荡漾,其天然风光更比不

五　哈密

上20世纪80年代才被开发而迅速成为旅游胜地的美如梦幻的喀纳斯湖。从县城方向来到湖的东岸，湖水甚至显得浑浊。游人沿着一条用浮筒铺成的桥面，经过一大片沼泽，向湖中走去，离湖岸远了，湖水渐渐变得清澈起来，四围的山影倒映水中，人们才能感受到湖光山色之美。次日我们驱车沿湖岸而行，从车窗向湖上眺望，一片水天苍茫，充分感受到了这个高原大湖的壮美。

今天的巴里坤，全称为巴里坤哈萨克自治县，这是一个人口只有10多万的小县，据出租车司机说，县城总共有90辆出租车，但畜牧业和农业都很发达。走出蒲类海大酒店，迎面就是一望无际的大草原，草原与城市零距离地贴近，这样的城市风光真是令人陶醉。

巴里坤湖

从长安到天山

野昏边气合,烽迥戍烟通
大河古城与甘露川

巴里坤哈萨克自治县县城以北 15 公里处的大河乡,有 2001 年国务院公布的全国重点文物保护单位"大河古城"。县文物局局长开车,陪同我们前往古城。一路经过的田园村庄,笼罩在一片宁静的氛围中,鸡鸣犬吠,生意盎然。这里土地辽阔,水草丰茂,非常适合发展农业。田野上的流水,说不清是沿着渠道还是河道,随意漫流,足见水资源的充裕。来到古城边,看到荒草丛中围起了一道象征性的铁丝网,一个半大的孩子应招而来,为我们打开了栅栏门,他和他的家人就是古城平日的守护者。城边树立的文物碑介绍说,古城是唐景龙年间(707—710)所筑。古城地处甘露川,《旧唐书·地理志》记载,"伊吾军,在伊州西北三百里甘露川,管兵三千人,马三百匹",大河古城就是伊吾军屯军之处。古城遗址由东、西并列的主城和附城构成,主城南北长 210 米,东西阔 180 米;附城南北长 240 米,东西阔 177 米。城墙高与宽均约 10 米,城墙上的马面、敌楼以及城门残迹,依稀可见。绕城一周,将近 2 公里,边走边拍照,差不多用了 1 个小时。城外是一望无边的水草地,远处是连绵巍峨的天山。当地人习惯称"大河古城"为"大河唐城",站在城垣高处四下眺望,可以想见当年驻军屯垦的景况。

依据大河古城文物碑记载的年代,骆宾王跟从裴行俭来到西域时,古城尚不存在。然而,后来建造这座古城时,肯定要把它的位置选在交通要道上,因此,我们可以推想骆宾王曾从这里经过,甘

五 哈密

大河古城

"山路犹南属"（从古城望天山）

从长安到天山

甘露川

露川曾经留下他的足迹。骆宾王在从军西域期间留下了多首诗作,这些诗篇的写作地点难以考实,我们不妨把《边庭落日》这首诗置于甘露川的背景下来读:

> 紫塞流沙北,黄图灞水东。一朝辞俎豆,万里逐沙蓬。候月恒持满,寻源屡凿空。野昏边气合,烽迥戍烟通。膂力风尘倦,疆场岁月穷。河流控积石,山路远崆峒。壮志凌苍兕,精诚贯白虹。君恩如可报,龙剑有雌雄。

巴里坤残留了许多古代的烽燧,虽然年代不可确知,但站在烽燧之下,仍可想象骆宾王诗中描写的"烽迥戍烟通"的图景。

六 吐鲁番

有一种说法,外国游客来新疆之前往往知道吐鲁番,却不一定知道乌鲁木齐,可见吐鲁番这个神奇的地方在国际上有着多么高的知名度。吐鲁番是一个盆地,整个盆地的海拔都是负数,最低的地方艾丁湖,海拔低于海平面154米。因为地势低凹,气候又极为干旱,所以,气温极高,被称为"火洲"。吐鲁番有许多自然或人文景点,其中与唐诗关系密切的是交河、火焰山与高昌。

白日登山望烽火,黄昏饮马傍交河
交 河

交河故城在吐鲁番市区(现称高昌区)之西10公里处。故城建在一个柳叶形的河心洲上,洲南北长1.65公里,东西最宽处约300米。东西两边是两条河谷,壁立的黄土崖岸高达30米,地形十分险峻。谷中两条河水自北向南流来,在河心洲南部顶端下交汇,所以称之为"交河"。整个河心洲犹如一座天然城堡，洲上的交河城俨然是城堡上的城堡。

天然形胜决定了交河城在历史上的重要地位。汉代，这里是车师前王国的都城。汉元帝初元元年（前48），朝廷于交河置戊己校尉，驻兵屯田，与车师前王国同治交河城。数百年后，公元450年车师前王国被高昌王国所灭，交河成为高昌王国的一个郡治。到了唐代，贞观十四年（640），唐太宗派侯君集攻灭麴氏高昌王国，设西州，交河成为西州所属的县治；同时，将西域最高军政机构安西都护府设于交河城，给交河带来了一段最辉煌的历史，直至贞观

交河故城入口

六　吐鲁番

二十一年（647）。另一种说法是唐高宗显庆三年（658），安西都护府迁往龟兹。残留至今的交河故城即是那个时代的遗存。开元年间，北庭节度使所辖天山军驻守于西州，即交河城内。1961年，交河故城被国务院公布为首批全国重点文物保护单位。

交河城中央大道

如今，游人来到交河故城，跨过城下那条东、西二水交流的河道，抬头仰望，高坡顶上，便是故城南门。高大的城阙遗址夹峙左右，形成一道雄关。登上南门，进入城区，迎面踏上一条纵贯南北的中央大道。大道两旁是高而厚的土墙，靠近南城门的一段，高墙上挖成东西相对的两排洞窟，透出森然之气，似为藏兵洞。高墙中断处，有幽深的街巷与大道相通。故城建筑物总面积达25万平方米，分为居民区、官署区、作坊区和佛寺区。官署区即为当年安西都护府的驻地。佛寺区在故城北部，有大殿，有塔林，占地最多。故城东门遗址，是最吸引游客的地方，城门雄踞于崖边，城门内外险要的兵马通道历然可辨。崖下是流经河心洲东边的那条河，河谷形成一片绿洲，稼禾铺地，林木繁茂，沉沉的浓绿枝叶与高崖之上土黄色的故城构成强烈对比，更衬托出故城无比厚重的历史感。

交河故城最大的特点，是所有建筑都是从原生地表向下挖出墙体，或者在墙体之上再用泥团垛垒，加以版筑。所以，总体上说，交河是用"减地法"挖掘而成的一座城市。城中半地下式的建筑物，既是在厚达几十米的黄土层上因地制宜的创造，也是为了躲避吐鲁番火洲的炎热。交河故城是世界上最大、最古老、保存最完好的生土建筑城，2014年被联合国教科文组织列入《世界遗产名录》。

交河自中古以来，作为西北边塞的代称，频频出现在诗人笔下。就连亡国之君陈后主都有《陇头》诗如下：

交河城沙盘模型

六 吐鲁番

  陇头征戍客,寒多不识春。惊风起嘶马,苦雾杂飞尘。投钱积石水,敛辔交河津。四面夕冰合,万里望佳人。

唐诗中,交河的名声极为响亮。如唐太宗《饮马长城窟行》:"塞外悲风切,交河冰已结。瀚海百重波,阴山千里雪。"李白《捣衣篇》:"玉手开缄长叹息,狂夫犹戍交河北。万里交河水北流,愿为双鸟泛中洲。"杜甫《前出塞九首》其一:"戚戚去故里,悠悠赴交河。"《高都护骢马行》:"腕促蹄高如踏铁,交河几蹴曾冰裂。"诗人们虽然没有到过交河,但交河在他们心目中的形象却是清晰的。

  与交河相关的唐诗,首推李颀《古从军行》:

  白日登山望烽火,黄昏饮马傍交河。行人刁斗风沙暗,公主琵琶幽怨多。野云万里无城郭,雨雪纷纷连大漠。胡雁哀鸣夜夜飞,胡儿眼泪双双落。闻道玉门犹被遮,应将性命逐轻车。年年战骨埋荒外,空见蒲桃入汉家。

这首诗表达了鲜明的反战情绪,有可贵的思想价值。

  据胡可先教授的最新考证,骆宾王随裴行俭军曾到交河,那么,骆宾王两首写到"交河"的诗也就有了一定的写实性。一首是《晚度天山有怀京邑》:

  忽上天山路,依然想物华。云疑上苑叶,雪似御沟花。行

> 叹戎麾远，坐怜衣带赊。交河浮绝塞，弱水浸流沙。旅思徒漂梗，归期未及瓜。宁知心断绝，夜夜泣胡笳。

另一首是《军中行路难同辛常伯作》：

> 君不见玉关尘色暗边庭，铜鞮杂虏寇长城。天子按剑征余勇，将军受脤事横行。七德龙韬开玉帐，千里鼍鼓叠金钲。阴山苦雾埋高垒，交河孤月照连营。连营去去无穷极，拥旆遥遥过绝国。阵云朝结晦天山，寒沙夕涨迷疏勒。龙鳞水上开鱼贯，马首山前振雕翼。长驱万里誓祁连，分麾三命武功宣。百发乌号遥碎柳，七尺龙文迥照莲。春来秋去移灰琯，兰闺柳市芳尘断。雁门迢递尺书稀，鸳被相思双带缓。行路难，行路难，誓令氛祲静皋兰。但使封侯龙额贵，讵随中妇凤楼寒。

岑参两次从军西域，他在《武威送刘单判官赴安西行营便呈高开府》诗中这样描写交河：

> 曾到交河城，风土断人肠。塞驿远如点，边烽互相望。赤亭多飘风，鼓怒不可当。有时无人行，沙石乱飘扬。

诗中写了交河飞沙走石的"飘风"，很符合吐鲁番的天气特征。前些年，位于吐鲁番盆地边缘上的小草湖，曾经发生过火车被大风吹

六 吐鲁番

翻的事情。

我曾多次游览交河。记得20世纪80年代,李颀的《古从军行》曾被书写在故城城门外的崖壁上,但作者李颀被错写成了李欣,可知当时地方文化建设的水平。2018年7月20日,我又一次来到交河,烈日下,在毫无遮蔽的故城遗址内步行40分钟,匆匆拍了一些照片,一边在阳光下快步行走,一边默念霍松林先生当年游交河的诗句:"阳光如火烤头颅。"最难忘的是1996年9月,中国社会科学院文学研究所与新疆师范大学等单位共同举办了"世纪之交中国古典文学及丝绸之路文明国际学术研讨会",一大批著名的古典文学专家来到吐鲁番进行学术考察。会议有意把考察交河故城

交河城中景观

的时间安排在下午,专家们在故城遗址内流连徘徊,直至红日西斜时,大家来到双水会流的城下,感受了"黄昏饮马傍交河"的诗意。叶嘉莹先生乘兴赋成七绝一首:

交河东去接高昌,一片残墟入大荒。饮马黄昏空想像,汉关秦月古沙场。

高昌故城遗址在吐鲁番市区的东南部,是麴氏高昌王国的都城。与交河故城一样,也是全国重点文物保护单位。

赤焰烧房云,炎氛蒸塞空
火焰山

由于神魔小说《西游记》的影响,火焰山是妇孺皆知的地名。火焰山在交河之东,相距约40公里。山势东西走向,横亘在吐鲁番盆地中部。资料介绍,山体长约98公里,宽约9公里。火焰山是亿万年前地壳横向运动时留下的皱褶,纵横的沟壑在烈日照耀下,赤褐色的砂岩闪闪发光,炽热的气流蒸腾而上,犹如烈焰熊熊燃烧,所以名为火焰山,在唐代又称为"火山"。火焰山位于丝绸之路中道上,当下有东起上海、西至霍尔果斯的312国道从山前经过,所以,火焰山从古至今占据着交通要冲,具有地理位置的优势。

六　吐鲁番

烈火蒸腾般的山体

　　唐代，在岑参之前，玄奘往西土取经，曾经过高昌国，《大唐西域记》有"出高昌故地"的记载。玄奘往高昌国，必走丝绸之路中道，所以，他肯定经过了火焰山。步玄奘后尘来到火焰山下的，是诗人岑参。岑参写了不少涉及火焰山的诗篇，如《经火山》：

　　　　火山今始见，突兀蒲昌东。赤焰烧虏云，炎氛蒸塞空。不知阴阳炭，何独燃此中？我来严冬时，山下多炎风。人马尽汗流，孰知造化功！

岑参曾两次从军西域，这首诗应作于天宝八载（749）冬首次赴西域时,诗中充满了惊异,显示了在神奇的大自然面前人的心灵震撼。蒲昌,西州属县(今新疆鄯善)。廖立先生在他的《岑嘉州诗笺注》中指出:"火山不在今鄯善东而在其西,疑蒲字当为高。"不为无见,"突兀高昌东"就很顺了。

如《火山云歌送别》:

火山突兀赤亭口,火山五月火云厚。火云满山凝未开,飞鸟千里不敢来。平明乍逐胡风断,薄暮浑随塞雨回。缭绕斜吞铁关树,氛氲半掩交河戍。迢迢征路火山东,山上孤云随马去。

等候游客的骆驼

这是岑参在西州送人之作。诗对火焰山上空"火云"的描写,应是诗人亲见的景象。赤亭,位于火焰山以东,是西州军事要地,扼天山要冲,设有赤亭守捉。赤亭遗址今名七克台古城,在鄯善县七克台镇。

因为有了亲身经历,火焰山在岑参心目中就成了西域的象征。下面两首送人赴西域的诗,都把火山作为西域风光的代表。一首是《武威送刘判官赴碛西行军》:

火焰山景区的巨型温度计

　　火山五月行人少,看君马去疾如鸟。都护行营太白西,角声一动胡天晓。

另一首是《送李副使赴碛西官军》:

　　火山六月应更热,赤亭道口行人绝。知君惯度祁连城,岂能愁见轮台月?脱鞍暂入酒家垆,送君万里西击胡。功名只向马上取，真是英雄一丈夫！

　　2018年7月20日那天，我看完交河故城后又驱车去了火焰山。旅游部门在火焰山下的312国道旁画地为牢，人为地设了一个景区。游客购票后要穿越地下通道，才能来到观景台前。展现在眼前的，是一尊尊《西游记》故事人物雕塑如孙悟空、铁扇公主、牛魔王等，整个火焰山全被唐僧师徒攻占了。我认真搜寻，才发现地下通道的墙壁上抄了岑参诗《使交河郡郡在火山脚其地苦热无雨雪献封大夫》写火焰山的六句："奉使按胡俗，平明发轮台。暮投交河城，火山赤崔嵬。九月尚流汗，炎风吹沙埃。"其实，接下来两句"何事阴阳工，不遣雨雪来"也是写火焰山的，却被惜墨如金地省略了。通道两侧的人物塑像中有岑参像，从而在火焰山前的《西游记》王国中给唐代诗人留下了一席之地。

　　那天的天气，有云彩，不算很热，但景区中心竖立的巨型金箍棒温度计上，水银柱仍升到了75摄氏度。但是，地下通道内却很阴凉，这就是新疆的气候特点，只要避开阳光躲到阴处，炎热就消失了。

平沙际天极，但见黄云驱
高　昌

　　从火焰山向南大约15公里，便是高昌故城。高昌故城遗址位

六 吐鲁番

于吐鲁番市区（现称"高昌区"）以东40公里处，1961年被国务院公布为首批全国重点文物保护单位。高昌城始建于西汉，《汉书》中有"高昌壁"的记载，是屯田之所。唐代初年，这里是麴氏王朝建立的高昌国。玄奘西行取经，曾从高昌国经过。当年我在新疆师范大学的同事孟宪实（现为中国人民大学国学院教授）写过《唐玄奘与麴文泰》一文（载《敦煌吐鲁番研究》第4卷，北京大学出版社1999年），提及麴文泰给予玄奘西行的帮助是"雪中送炭"，感动得玄奘取经归来专门选择了陆路，希望践行与麴文泰订立的高昌讲经之约。如今，高昌故城外有一尊玄奘西行的雕像，迈着坚定的步伐昂首向前，令人肃然起敬。后来，因为麴文泰对朝廷有不臣的表现，贞观十四年（640），朝廷派侯君集率大军攻灭高昌，设立西州，这里开始实行与内地一样的州县制。诗人柳宗元创作的乐府诗《铙歌鼓吹曲》有《高昌》一首，记述了侯君集灭高昌的历史：

> 麴氏雄西北，别绝臣外区。既恃远且险，纵傲不我虞。烈烈王者师，熊螭以为徒。龙旂翻海浪，驵骑驰坤隅。贲育搏婴儿，一扫不复余。平沙际天极，但见黄云驱。臣靖执长缨，智勇伏囚拘。文皇南面坐，夷狄千群趋。咸称天子神，往古不得俱。献号天可汗，以覆我国都。兵戎不交害，各保性与躯。

诗中的"臣靖"，指军中大将李靖。"文皇"即唐太宗，他被"夷狄"尊称为"天可汗"。

高昌故城入口

还有一首《高昌童谣》,也是咏歌这次战争的:

> 高昌兵马如霜雪,汉家兵马如日月。日月照霜雪,回首自消灭。

高昌城废弃于公元 13 世纪的元代,但夯土筑成的故城遗址却在气候干旱的吐鲁番盆地存留至今。不同于耸立在河心洲上的交河故城,高昌故城铺展在一片平野上,规模宏大,视野广阔,气势十分雄伟。故城的布局,分外城、内城和宫城三部分,资料显示,其总面积约 200 万平方米。外城存有断断续续的城墙,周长达 5 公里,

六 吐鲁番

墙基厚度 12 米，高度 11.5 米，人们不难想见这座城池当年是何等壮观。内城北部正中有一座堡垒，称作"可汗堡"，光绪二十九年（1903）一支德国考察队曾在堡内掘出一块北凉承平三年（445）沮渠安周造寺功德碑，见证了北朝时期故城的历史。宫城内留存有佛寺，还有许多高大的殿基，其中有高达四层的宫殿建筑遗址。我于 1982 年冬天第一次踏入故城遗址，记忆中遗址的断壁颓垣间尚有星星点点的庄稼地。1996 年 9 月，参加中国社会科学院文学研究所与新疆师范大学等单位共同举办的"世纪之交中国古典文学及丝绸之路文明国际学术研讨会"的学者考察高昌故城，我在故城遗址与叶嘉莹先生以残颓的宫墙为背景拍了一张合影，这张照片后来提

高昌故城的内城

阿斯塔那古墓墓道

供学校办展览用,没料想被弄丢了,因而留下无法弥补的遗憾。当下,高昌故城是吐鲁番的重要旅游景点之一,景区内铺设了供游人行走的道路,并且进行了一些保护性修复。相对于交河故城来说,高昌故城的游客较少,景区范围又大,所以不免显得冷清。

高昌故城北面,是一望无际的荒漠,荒漠上有东西长约5公里、南北宽约2公里、占地10平方公里左右的阿斯塔那古墓群和哈拉和卓古墓群。20世纪初以来,已经发掘清理了500多座古墓葬,出土了数以万计的珍贵文物,其中的2000多件文字材料被称作"吐鲁番出土文书",唐代文书占了绝大部分。这些出土文书中不乏与唐诗有关的珍贵资料,比如"岑判官"(岑参)的马料账,就是唐诗研究者最感兴趣的原始文献。吐鲁番出土文书不同于敦煌文书,它大都不是成卷成篇的完整文献,而是断简残片,甚至只是一些有字迹的纸头,这些纸头可能是棺木上的裱糊层,也可能是做鞋的纸样,等等。解读这些文字资料,实非易事。前些年,从吐鲁番出土文书中发现了一首唐玄宗诗的抄件,发现过程具有引人入胜的情节。我与发现者朱玉麒(现为北京大学中国古代史研究中心教授)是在新疆师范大学的同事,了解他研究这件文书的全过程,现依据朱玉麒教授撰《吐鲁番文书中的玄宗诗》一文(刊于《西域文史》第7辑,科学出版社2012年,以下征引文字均加引号),与大家分享这段故事:

吐鲁番出土文书也如敦煌文献一样,大量流失海外。上世纪初,英国人斯坦因、日本人橘瑞超等曾在阿斯塔那及哈拉和卓古墓群进行发掘,并带走了许多珍贵文物。英国图书馆收藏有丰富的吐鲁番文书,这些文书主要得自斯坦因。其中的汉文文书由法国汉学家马伯乐于1936年整理成书稿,1953年以《斯坦因第三次中亚探险所获汉文文书》出版。书中编号为Ma345号的文书,标明是斯坦因于高昌故城所得,其中有一块高宽为$14.6\,\mathrm{cm} \times 10.1\,\mathrm{cm}$的纸片,纸片上有字(见附图:英国图书馆藏玄宗诗残片)。对于这些文字的释读,经历了一个有趣的渐进过程:马伯乐把它编在官府文书中相对于"田亩册"的"其他公文"中;陈国灿在《斯坦因所获吐鲁番文书研究》一书中给它拟题为《残诗文》,录出2行7个字,把"京"前面的字识为"雨"(马伯乐识为"两");

从长安到天山

英国图书馆藏玄宗诗残片

沙知、吴芳思编《斯坦因第三次中亚考古所获汉文文献(非佛经部分)》将它定名为《唐残诗》，录出3行8个字，将最右边一行的半个字识为"新"，将陈国灿识为"雨"的字仍改识为"两"。但是，因为他们都没有在传世文献中找到对应的作品，因而不可能完全释读这块吐鲁番出土文书的残片。

2005年以来，朱玉麒教授在从事吐鲁番文书研究的过程中，数次经眼这个纸片，"忽然想到以往整理《张说集》时的类似字眼。通过电脑的检索，确证这一残碎的文字出自附于《张说之文集》卷三中的唐玄宗诗《初入秦川路逢寒食》。这些残存的文字，出现在诗歌的前八句中"。朱玉麒的发现实非偶然，因为他当年在北京师范大学写成的博士论文，就是研究整理《张说集》。由传世文献的对应，他判定"文书在'着''草'之间，本当有'花'字，应是抄写者疏忽而遗漏了，这也从一个角度帮我们判断这一文书作为书法或诗歌临习的抄本性质"。"第二、第三行头上遗留的笔

六 吐鲁番

画,应该是'度'字的左撇、'和'字的右半""这一残片实际残存有笔迹的文字,是 3 行、11 字"。

无独有偶的是,流失在日本的吐鲁番文书中,同样属于玄宗诗的残片也在 2005 年重光于世。这一年,日本学者矶部彰编集的大型图录《台东区立书道博物馆中村不折旧藏禹域墨书集成》出版。在新疆师范大学做研修的广中智之博士从中联络,矶部彰教授于 2009 年年底将这一珍贵的非卖品文献寄赠给了新疆师范大学西域文史研究中心。朱玉麒教授发现,这部《集成》的第 130 号文书长达 2903 毫米,卷首有题签"吐鲁番出土唐人墨迹,宣统辛亥嘉平月,素文所藏,四十四",由此判定,这是清末新疆监理财政官梁玉书(字素文)在宣统三年(1911)得自吐鲁番的旧藏。朱玉麒教授将这份文书中的一块残片与英藏玄宗诗残片对照,发现两者笔迹和文字内容具有一致性,于是,判定这一日藏文书也是唐玄宗诗歌《初入秦川路逢寒食》的残片,文字属于该诗的前六句:

洛川芳树影(映)天津,霸岸垂杨窣地新。直为经过行处乐,不知虚度两京春。去年余闰今春早,曙色和风着[花]草。

将两块残片拼接,再将原诗缺少的文字填充起来,呈现在人们面前的就是这张《玄宗诗残片缀合示意图》,即唐玄宗《初入秦川路逢寒食》诗的手抄本。

朱玉麒教授于是断言,由英藏与日藏吐鲁番文书残片对接而

玄宗诗残片缀合示意图

成的唐玄宗诗抄件，"为我们展现了大唐帝国开元、天宝时代的君主李隆基在西北边州地方文学影响的实际存在"。他还判断说："吐鲁番文书中的玄宗《初入秦川路逢寒食》诗，根据其力求工整而又稚拙的笔法，以及文字抄写有夺漏、有俗字的情况看，是与吐鲁番文书中唐西州地区的儿童习字非常相似的。""它是从某个书法更为美观、文本更为规范的写本中抄写所得，是无可怀疑的。因此，在唐代西州流传着作为习字或者诗歌练习的玄宗诗范本，应该是可以定论的。"

最后，让我们依据《文苑英华》完整地征引玄宗皇帝这首《初入秦川路逢寒食》：

洛川芳树映天津，霸岸垂杨窣地新。直为经过行处乐，不知虚度两京春。去年余闰今春早，曙色和风着花草。可怜寒食已清明，光辉并在长安道。自从关内入秦川，争道何人不戏鞭。公子途中妨蹴鞠,佳人马上废秋千。渭水长桥今欲渡,葱葱渐见新丰树。远观骊岫入云霄,预想汤池起烟雾。烟雾氛氲水殿开,暂拂香泉归去来。今岁清明行已晚,明年寒食更相陪。

吐鲁番出土文书与敦煌文书最大的区别,在于前者随着古墓葬的继续发掘,仍会有新的文书出土,我们很难预料日后会有怎样的发现,而后者则是一笔固定不变的遗产,不可能有增量了。

七　吉木萨尔

忽如一夜春风来，千树万树梨花开

北　庭

在丝绸之路北道上西行，由巴里坤县经巴里坤湖（蒲类津），一条大路沿着天山北麓一直向西，约250公里到达木垒哈萨克自治县。到了木垒，就进入了昌吉回族自治州的辖区。木垒再向西约70公里，是奇台县，专家认为即唐代的蒲类县。木垒是"蒲类"的音转，应当与蒲类津有关，但是，此地距离蒲类津已经相当遥远。可以想象，当初由蒲类津向西，直到今天的木垒一带才出现人居，于是将此地定名为"蒲类"；再后来，位于更西的奇台发达起来，"蒲类"也就随着西移了。

奇台又西约50公里，是吉木萨尔县。唐太宗贞观十四年（640），朝廷攻灭吐鲁番盆地的高昌国，在天山东段设立伊、西、庭三州。庭州辖三县：金满、蒲类、轮台，州治所设在金满县，就是今天的吉木萨尔县。长安二年（702），朝廷设立北庭都护府，使北庭成为唐朝在天山北路的政治、军事中心。开元二十一年（733），又改置北庭节度使，军事地位得到进一步加强。北庭（都护府）节度使下辖瀚海军、天山军、伊吾军，相当于今天的三支野战部队，天山军驻西州城内，伊吾军驻甘露川，瀚海军即驻在北庭都护府城中。今吉木萨尔县城以北10公里处，有北庭故城遗址，1988年2月国务院列为全国重点文物保护单位，这处故城遗址就是唐代北庭都护府的驻地。

吉木萨尔县西距乌鲁木齐160公里，我曾多次到北庭故城遗址考察。2017年8月8日，吉木萨尔县北庭学研究院举办的"北庭故城价值阐释及'一带一路'愿景下的现实作用研讨会"召开，我应邀赴会，又一次来到吉木萨尔，踏访了北庭故城遗址。

佛寺博物馆（北庭学研究院设在馆内）

遗址南北长约1500米，东西宽约1000米，周长约5公里。残破的城垣，高约7米，底宽约5米，断断续续，但轮廓完整而清晰，显示出军事重镇的宏大格局与气势。这是外城，外城之中又有内城，内城周长约3公里，残存的城垣轮廓也很清晰，墙体更为坚

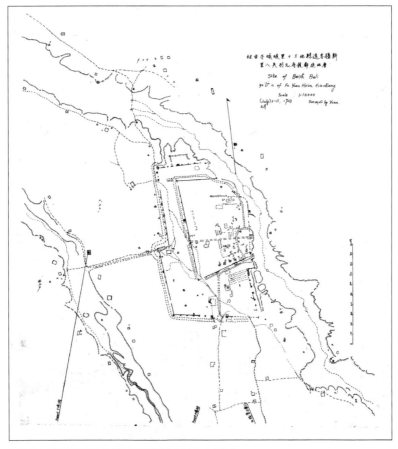

地质学家袁复礼测绘的北庭故城平面图（1928年7月绘）

七 吉木萨尔

北城垣

固，都护官署应设于其中。从事北庭考古的专家认为内城筑成在先，后来扩大至外城。《旧唐书·地理志》记载，"瀚海军……在北庭都护府城内，管镇兵万二千人，马四千二百匹"，这样众多的兵马，城小了肯定容不下，所以要扩建外城。如今游人站在故城遗址中四望，可以想象当年兵营匝地、人喊马嘶的景象，可以想象都护旗下、中军帐里将军的威风。近年，中国社会科学院的一支考古工作队在故城遗址进行发掘，已经有开元通宝钱币及莲花纹地砖等文物出土，证实了这座唐代故城的辉煌历史。城外，东西两面各有一条河道，名为东河坝、西河坝，水流汨汨，绕过城垣向北流去。东河坝的河滩有数百米宽，草树繁茂，林木葱茏，成为城池的天然屏障。从文化及旅游角度看，故城遗址具有丰厚的潜在资源，只是尚未得到充分开发。它的资源除了历史之外，主要来自盛唐边塞诗，来自唐代首屈一指的边塞诗人岑参。

岑参的名字，已经屡屡出现在武威、张掖、酒泉、敦煌、玉门关等地的唐诗中。他怀抱着"功名只向马上取，真是英雄一丈夫"（《送李副使赴碛西官军》）的雄心，曾两度踏上西域的土地，有着丰富的西北边地军旅生活经历。关于岑参第一次来西域的事迹，我们将在后文的"铁门关"一节中讲述。这里要说的，是岑参第二次从军西域的经历，他于天宝十三载（754）来到北庭，在伊西北

东河坝

七 吉木萨尔

庭节度使封常清军中任判官及度支副使,我们眼前的北庭故城遗址,正是岑参当年度过军旅生涯的地方。

岑参当年在离开长安、奔赴北庭的路途中,写下了若干纪实性诗篇。读诗时稍加留意,就会发现,他在诗中总是把目的地北庭称做轮台。比如:

西向轮台万里余,也知乡信日应疏。

——《赴北庭度陇思家》

闻说轮台路,连年见雪飞。

——《发临洮将赴北庭留别》

白发轮台使,边功竟不成。

——《临洮泛舟赵仙舟自北庭罢使还京》

以上三个例子,都是诗中称"轮台",诗题中称"北庭"。由此我们知道,岑参是按照长安人士包括朝廷内外的话语习惯,把北庭节度使的驻地称作轮台。他说的是"长安话"。

在北庭军幕,岑参诗中也总是把北庭和轮台不加区分地混用。比如诗的题目是《北庭贻宗学士道别》,诗中却说:"忽来轮台下,相见披心胸。饮酒对春草,弹棋闻夜钟。"

上文已经介绍,轮台是庭州的一个属县,这个县名来自汉代的轮台。汉代,轮台是西域的一个小国,军事、交通地位十分重要,其地理位置相当于今新疆南部、塔里木盆地北沿的轮台县。汉武帝时，轮台国被"贰师将军"李广利攻灭，朝廷曾在轮台大兴军屯。汉代以后，轮台化成了一个典故，代指西北边地的军事要地。岑参之前、之后的唐代诗人笔下出现"轮台"，无不是用典，宋代大诗人陆游也有名句"尚思为国戍轮台"。岑参的时代，由于北庭军事战略地位的重要，轮台成为北庭的专用代称。因此，我们必须明白，岑参诗中的"北庭"与"轮台"是同义语，均指北庭节度使驻地，即存留至今的北庭故城遗址。故城内城是北庭都护府中军的所在，这里是岑参供职的地方，也是他写作边塞诗的地方。早年，人们不明白这一点，误将岑参诗中的"轮台"当作轮台县，因而造成读诗的障碍。河南省社会科学院廖立先生于1992年著文指出"岑诗中北庭和轮台往往是相同的概念"（见《岑诗西征对象及出师地点再探》，刊于《中州学刊》1992年第2期），2004年中华书局出版的廖立笺注《岑嘉州诗笺注》也说："公诗所言轮台，乃借用汉轮台名，谓唐北庭府也。"但廖立先生的论断缺少考证。笔者撰有《岑参诗与唐轮台》一文，将历史文献、诗歌作品及实地考察结合起来，进行了充分考证，从而比较彻底地解决了这个问题。拙文刊于《文学遗产》2005年第5期，有兴趣的读者可以参看。

岑参写于北庭的边塞诗具有鲜明的写实性特征。奇异壮美的边地风物、艰苦紧张的军旅生活为他提供了丰富的创作素材和饱满的创作激情，岑参的几十首北庭诗作，是唐诗中无可替代的上品和珍品。岑参北庭诗作的代表，是"轮台三部曲"。试读第一首《白雪歌送武判官归京》：

七　吉木萨尔

　　北风卷地白草折，胡天八月即飞雪。忽如一夜春风来，千树万树梨花开。散入珠帘湿罗幕，狐裘不暖锦衾薄。将军角弓不得控，都护铁衣冷难著。瀚海阑干百丈冰，愁云惨淡万里凝。中军置酒饮归客，胡琴琵琶与羌笛。纷纷暮雪下辕门，风掣红旗冻不翻。轮台东门送君去，去时雪满天山路。山回路转不见君，雪上空留马行处。

此诗用"纯写实"手法，记录了诗人在北庭经历的一段极富西北边地特色的军旅生活场景。这是发生在三天之内的事：开头"北风"二句，写第一天傍晚天气乍变，风雪骤来。"白草"，新疆叫

岑参诗中的轮台东门

芨芨草,秋天长得齐腰高,茎秆坚韧,大风吹来,纷纷"折腰","折"是倒伏的意思。接下来"忽如一夜春风来"二句,是第二天清晨开门所见雪中奇景。因为时令是八月,树叶并未凋落,所以雪压枝头,才有"千树万树梨花开"的奇丽景色。"散入"六句,是这一整天诗人对寒冷和风雪的感受。接着,写中军帐里为武判官举行的饯行宴会,宴会气氛热闹嘈杂,持续时间又很长。傍晚时分,诗人踱出帐外,也许要舒展一下筋骨,换口新鲜空气,于是,他看到"纷纷暮雪下辕门,风掣红旗冻不翻",雪还在飘落,但是起风了,强劲的风向着一个方向猛吹,把杆头的红旗"掣"得不能翻动,好像"冻"住了一样。结尾四句写到第三天,天放晴了,一早送武判官上路,送者与行者一起驱马出了轮台东门,向南面的天山进发——北庭故城的东门,虽然残破,但南北对峙的城阙依旧巍然可见。马行几十里,到了山边,行者踏上白雪覆盖的"天山路",顺着蜿蜒曲折的山路渐渐远去;诗人一直目送,直至行人的身影消失,山路的积雪上留下一行马踏的蹄痕。送同僚归京,望着无边无际的皑皑白雪,诗人心头应生出一缕"乡愁"。诗的叙事悄然结束,留下不尽的余味。诗中的"天山路",就是连接北庭与西州的"他地道",下一小节要详细介绍。这首诗传诵极广,历久不衰,"忽如一夜春风来,千树万树梨花开"成了岑参的名片,也成了北庭故城的名片。

另外两首是:

七　吉木萨尔

君不见,走马川行雪海边,平沙莽莽黄入天。轮台九月风夜吼,一川碎石大如斗,随风满地石乱走。匈奴草黄马正肥,金山西见烟尘飞,汉家大将西出师。将军金甲夜不脱,半夜军行戈相拨,风头如刀面如割。马毛带雪汗气蒸,五花连钱旋作冰,幕中草檄砚水凝。虏骑闻之应胆慑,料知短兵不敢接,车师西门伫献捷。

——《走马川行奉送出师西征》

轮台城头夜吹角,轮台城北旄头落。羽书昨夜过渠黎,单于已在金山西。戍楼西望烟尘黑,汉兵屯在轮台北。上将拥旄西出征,平明吹笛大军行。四边伐鼓雪海涌,三军大呼阴山动。虏塞兵气连云屯,战场白骨缠草根。剑河风急雪片阔,沙口石冻马蹄脱。亚相勤王甘苦辛,誓将报主静边尘。古来青史谁不见,今见功名胜古人。

——《轮台歌奉送封大夫出师西征》

这两首诗都是送主将出征,诗中有"以汉代唐"的语词,如"匈奴""车师""渠黎""单于"等,这是唐人的习惯,但并不影响诗歌的写实性。"轮台九月风夜吼,一川碎石大如斗,随风满地石乱走"这样的景观,"上将拥旄西出征,平明吹笛大军行。四边伐鼓雪海涌,三军大呼阴山动"这样的场面,只能出现在亲临其境的岑参笔下。诗中的"走马川""剑河""沙口"等地名尚待进一步考证落实,但在北庭故城附近应是无疑的。

从长安到天山

轮台东门送君去，去时雪满天山路
天山路（他地道）

《白雪歌送武判官归京》诗中所谓"天山路"，是连接庭州与西州的一条重要通道。岑参诗告诉我们，当时由北庭往长安，所取道路是经天山路到达西州，然后沿丝绸之路中道向东行进。这条翻越天山的道路叫他地道，又叫金岭道。因为汉代时西州地为车师前王国，庭州地为车师后王国，所以，他地道又称作车师古道。岑参还有一首《天山雪歌送萧治归京》，诗中有句："交河城边飞鸟绝，轮台路上马蹄滑。""轮台路"也是指他地道。岑参有首题为《使交河郡郡在火山脚其地苦热无雨雪献封大夫》的诗：

从吐鲁番向北穿越他地道山前的三岔口

七　吉木萨尔

奉使按胡俗，平明发轮台。暮投交河城，火山赤崔巍。九月尚流汗，炎风吹沙埃。何事阴阳工，不遣雨雪来？吾君方忧边，分阃资大才。昨者新破胡，安西兵马回。铁关控天涯，万里何辽哉！烟尘不敢飞，白草空皑皑。军中日无事，醉舞倾金罍。汉代李将军，微功今可哈。

开头四句"奉使按胡俗，平明发轮台。暮投交河城，火山赤崔巍"，明确记载了由轮台往交河的行程，平明出发，日暮到达。吐鲁番出土文书中有"岑判官"（以及武判官）的马料账，出土文献与传世诗歌互相印证，奇妙得令人叫绝，岑参骑着驿马在轮台路上奔驰的情景如在目前。

他地道的北端山口距北庭故城约40公里。山口有村镇，叫泉子街。由泉子街进山，山路沿着河道蜿蜒而上，水流上架了六座桥，依次叫头道桥、二道桥，直至六道桥。我当年到过头道桥的山口，此地叫大龙口，估计岑参为友人送行，也是送到这里，而后目送行人的坐骑在山路上消失。走完六道桥，就是翻越天山的险途，翻山的路程约50公里，最高处叫金沙岭，是天山南北的分水岭，也是庭州与西州的分界。南端山口距交河城约70公里。由北庭到交河，全程约160公里。按九月天气的昼长计算，正是岑参骑马一天的路程。笔者读过两篇今人的游记：一篇是历史学家薛宗正的《翻越天山——他地道考察记》（载《中国西部文学》1998年第2期），作者是由南而北穿越，黎明进山，经过"十四个半小时的步

金沙岭上

三道桥

七　吉木萨尔

二道桥

头道桥

行劳顿",到达山北三道桥,此处距北端山口仅数公里之遥。另一篇是方志工作者王秉诚的《车师古道见闻录》(载《北庭文史》第10辑[1987年]),作者是骑马由北而南穿越,早饭后入北端山口,下午4点20分登上金沙岭,晚6点55分到达南端山口。我尚没有机会亲自走一回他地道,我的学生海南大学海滨教授2009年5月曾跟随一个团队,由南而北穿越他地道,写下了一篇纪实性文字。他们从吐鲁番出发,行程的第一天,是乘车到达他地道南口的石窑子,在此露营一夜。第二天,从石窑子出发,开始步行翻越天山。下面摘引几个片断(相关照片也由海滨提供):

次日早晨开拔,前路无法驱车,这恰恰满足了我们的心愿,踩着先人的足迹,徒步翻越天山,应当是很酷很刺激的壮举!经过一段河道与山路,地势忽然开阔起来,路上几乎可以辨认出古代行旅的辙痕。也许因为这一段是他地道中的坦途,此前此后囿于山路险隘,只能借助脚力和马背,而此处则有驿馆备好车驾,便于王公贵族或都护刺史途中借车榻小憩,又不耽误行程。

此后的山路渐渐露出奇绝险怪的面目,时而攀岩而登,时而踏砂而行,时而涉涧成趣,时而履冰越险,最终向"琼达坂"的冲刺路已是先没踝、次没胫、终没膝的厚厚积雪了。在当地少数民族语言中,"达坂"即高坡、山岭,"琼"是高、大的意思。发音时,"琼"的拖腔越长,表示这个"达坂"越高越大,

七　吉木萨尔

今天翻越的达坂海拔达 3600 米，当然是很"琼——"了！

面对着天山分水岭上的五月雪，些许"无花只有寒"的寒意掠过心头。……登临绝顶，短暂的征服感过后，山南山北两惘然中想起了骆宾王的《晚度天山有怀京邑》："忽上天山路，依然想物华。云疑上苑叶，雪似御沟花。"神圣的雪山顶上，不宜再惆怅踟蹰，于是捡起一块石头，郑重地摞在玛尼堆上，权且作为一个过客对天山的祭拜。然后踩着积雪，下山，六道桥扎营。

第三天，早起，收好帐篷下山。下山有涧溪的微妙变化相伴，始而为雪，继而成冰，终为融水，与我们一路欢唱同行，水势越大，绿意越浓，从六道桥到头道桥，不像是赶路，倒像是在追寻春天，春色正浓处，他地道已至终结点。一路的坎坷曲折戛然而止。

据敦煌文书《西州图经》残卷记载，西州北向穿越天山的通道有花谷道、移摩道、萨捍道、突波道、乌古道、他地道、白水涧道等。白水涧道至今仍是乌鲁木齐通向吐鲁番的大道，而且已建成了高速公路。2010 年 5 月，我曾参加由新疆师范大学西域文史研究中心和吐鲁番研究院联合组织的一个团队，穿越移摩道。这条通道的南口在今鄯善县，是唐代的赤亭口所在，所以又称赤亭道。北口在今木垒哈萨克自治县。两头乘车的路程不算，徒步翻越用了两天。第一天上到了雪线以上，翻过山脊，在北坡宿营，行程 20 余公里。

从长安到天山

天山北坡

天山南坡

第二天沿着一条河道下山，行程37公里，这一路挂着登山杖，一步一趔趄，亲身体会了岑参诗中"一川碎石大如斗"是何景象。

随着旅游事业的发展，据说他地道正在适度开发，以利游人徒步穿越。我仍抱着希望，能在岑参行经的这条路上亲自走一回。

八　库尔勒与库车

关门一小吏，终日对石壁

铁门关

岑参第一次到西域，是天宝八载（749）入安西四镇节度使高仙芝军幕，十载春归返长安。安西节度使驻地龟兹（今新疆库车），位于天山南麓丝绸之路中道上。岑参赴安西，取道西州，经过火焰山，写有上文介绍过的《经火山》诗。然后自西州西南行，翻越天山，踏上今南疆的土地。对新疆不熟悉的朋友可能会问：西州不是已经在天山之南吗？从西州西南行为什么又要翻越天山呢？原来作为世界七大山系之一的天山，平均宽度有250—350公里，最宽处竟达800公里以上。西州位于吐鲁番盆地之中，岑参从庭州南来西州，要翻越盆地北边的天山；往龟兹去，则是翻越西州西南边的天山，走出吐鲁番盆地。时光倒回10年前，2008年秋天，新疆师范大学文学院举办过一次小规模的学术会议，我参加会议组织的考察

八　库尔勒与库车

去过库车。下面的文字根据记忆写成，照片也是那时拍的，由同行的朱玉麒教授提供。

吐鲁番盆地西南部有西州辖下的天山县，今名托克逊县。由托克逊再向西南，经过一条"达坂"，就是陡峭的山坡，进入今乌（乌鲁木齐）库（库尔勒）公路所穿越的甘沟峡谷，唐代称银山道。甘沟，也可能叫"干沟"，因为天山峡谷一般都有水流，但"干沟"却没有，车在满目荒凉的山路上蜿蜒盘曲而上，两旁山崖壁立，犹如进入了洪荒世界。出了这段漫长难行的峡谷，迎面是一片起伏连绵的沙山，沙色洁白如银，叫银山碛。汽车特意停下来，让大家拍

银山碛

照。过了银山碛,来到一个叫库米什的小镇,地方虽小,街市却很繁华,过往行人都要在这里歇息吃饭。此地从古及今都是南来北往的交通要冲,唐代即设有驿馆。岑参夜来即投宿于此,写有《银山碛西馆》诗:

> 银山碛口风似箭,铁门关西月如练。双双愁泪沾马毛,飒飒胡沙迸人面。丈夫三十未富贵,安能终日守笔砚!

远行的诗人,心头虽有辛酸,但也不乏建功立业的豪情。

继续西南行,就到了天山南麓,来到南疆的辽阔土地上。这里是塔里木盆地的北沿,迎接我们的城市,是南疆重镇库尔勒。库尔勒是巴音郭楞蒙古自治州的首府,在天山以南的丝绸之路中道上位置偏东,经济较为发达,在南疆城市中是最早通火车的,并且早就有了直飞北京的航班。塔里木盆地的油气田开发后,这里又成了石油行业的前沿基地,人口增多,经济也更加繁荣起来。来到库尔勒,展现在人们眼前的是一座现代化城市的面貌,马路宽阔,高楼遍地,穿城而过的孔雀河及河滨公园,点染出一道亮丽的风景,给城市增添了许多魅力。

库尔勒城市的北面紧邻天山。距离市区8公里处,有一条进山的峡谷,怪石峥嵘,山色如铁,长约30公里,古老的丝绸之路当年从峡谷中通过,把天山南北连接起来。谷口耸立着铁门关,关楼虽然是后世修建的纪念性建筑,但所居位置大体不错,因为山川是不会变的。游人进山，迎面先看见的是"将军楼"，这是纪念汉代经营西域的名将班超的。"将军楼"后面，几十步之遥就是铁门关楼。关楼并不高大，但因为坐落在峡谷中，有两旁的山势衬托，所以显得很雄伟。楼下有门洞，门洞上方题有"丝路雄关"四字。游人可以登楼，看到墙壁上镌刻的岑参诗《题铁门关楼》：

  铁关天西涯，极目少行客。关门一小吏，终日对石壁。桥跨千仞危，路盘两崖窄。试登西楼望，一望头欲白。

唐人有题壁的习俗，这是唐诗传播的一种重要形式，岑参这首诗本来就是题写在铁门关城楼墙壁上的。诗中写到的守关小吏，是诗人唯一遇到的人，他"终日对石壁"，不仅是一天到晚，而且是年年月月，这样的人生是何等冰冷寂寞！诗中写到的"桥"，横跨在孔雀河上。孔雀河源出距离库尔勒50多公里的博斯腾湖，流经铁门关峡谷。如今峡谷中修了一座水库，把古道淹没了。但是，关楼西侧的山边，隔着一道铁栅栏，仍能看到残留古道的痕迹。关楼前有岑参的石雕像，山崖的岩壁上也刻了《题铁门关楼》这首诗，然而不可思议的是连题目不过45个字中，居然有3个错字：诗题错为《铁门关西楼》，首句的"西涯"错为"西崖"，第七句"试登"错为"铁登"，令人啼笑皆非。

  继续前行，岑参还有《宿铁关西馆》诗：

从长安到天山

铁门关楼

八　库尔勒与库车

马汗踏成泥，朝驰几万蹄。雪中行地角，火处宿天倪。寒迥心常怯，乡遥梦亦迷。那知故园月，也到铁关西！

沿着丝绸之路，在"故园月"的陪伴下，岑参一路向西，愈行愈远，过了铁门关，距离目的地安西都护府所在的龟兹就不远了！

为言地尽天还尽，行到安西更向西

龟　兹

前面说到，贞观十四年（640）起，朝廷在今新疆东部天山南北设置伊、西、庭三州，实行与内地一样的州县制行政管理。而在今南疆地区、一直越过葱岭，则设有"安西四镇"，实行军镇管理。《新唐书·西域传》记载，贞观二十一年（647），朝廷任命阿史那社尔为昆丘道行军大总管，率安西都护郭孝恪等讨平龟兹，"徙安西都护于其都，统于阗、碎叶、疏勒，号'四镇'"，这应该是设置"安西四镇"的开始，龟兹是安西都护驻地。

龟兹旧地是今天的库车。库车东距库尔勒300公里。从库尔勒到库车的公路和铁路基本平行，都是沿着丝绸之路中道，即塔克拉玛干大沙漠，也就是塔里木盆地的北沿，傍着天山，向西延伸。途中经过轮台县，这里是西汉时轮台国所在的地方。此地出产小白杏，我们来时是秋天，鲜杏没有了，但在公路边买到了上好的杏干。过了轮台，下一个县城就是库车。

205

库车大馕

库车是南疆的大县（补记：2019年12月库车县获批"撤县设市"），居民中维吾尔族占大多数，县城的街市充满浓郁的民族风情。我们入住的酒店在城外，很现代化，城内的街巷面貌却保持了古朴的民族风格。第二次国共合作时期，1938年共产党人林基路曾任库车县长，为库车县的进步和发展做出了积极贡献。库车拥有丰富的自然及历史文化遗产。城西北30公里处的渭干河谷，有全国重点文物保护单位、开凿于公元5至11世纪的库木吐拉千佛洞。县城以北60公里处有前些年发现的天山大峡谷，近年来已成为旅游热点。还有汉、唐时代的龟兹故城，位于县城之西2公里处的皮朗村，也是全国重点文物保护单位，唐代的安西都护府应设于此。我们看到的龟兹故城，远不似前面说到的交河故城、北庭故城那样完整，城垣颓圮得几乎成了漫坡，保护情况也未能尽善。但是，这并不妨碍我们寻访与安西相关的唐诗，而且这些诗篇的数量相当可观。

八　库尔勒与库车

首先，要说到岑参。玄宗时，设安西四镇节度使。天宝八载（749），高仙芝为四镇节度使。岑参前往安西，入高仙芝军幕。关于岑参这次来到西域的具体情况，比如他在军中的职务，研究者多有争议，这里不能备述，也不能做出孰是孰非的判断，但岑参有过

皮朗村的龟兹故城城垣

这次西域之行则是肯定的。到达安西后，岑参作有《安西馆中思长安》诗：

> 家在日出处，朝来起东风。风从帝乡来，不异家信通。绝域地欲尽，孤城天遂穷。弥年但走马，终日随飘蓬。寂寞不得意，辛勤方在公。胡尘净古塞，兵气屯边空。乡路眇天外，归期如梦中。遥凭长房术，为缩天山东。

由"弥年但走马，终日随飘蓬"二句可知，诗写于岑参来到安西军

中一年之后。诗中充满乡思,东风吹来,诗人觉得好像带来了家信,结尾处甚至幻想仙人费长房施展"缩地术",拉近安西与长安的距离。"缩地"不可能,但现代交通的发达等于"缩地",想想今人真是比古人幸运得多。

岑参此期写于安西的诗,与第二次来西域在北庭军中供职时所写的诗篇,有明显差异:北庭诗多七言古体,此期多绝句及五言律诗;北庭诗有鲜明的客观写实性,此期以抒写乡思为基调;北庭诗慷慨奋发,此期所作意绪悲凉。如以下各篇:

> 走马西来欲到天,辞家见月两回圆。今夜不知何处宿,平沙万里绝人烟。
>
> ——《碛中作》
>
> 黄沙碛里客行迷,四望云天直下低。为言地尽天还尽,行到安西更向西。
>
> ——《过碛》
>
> 西风传戍鼓,南望见前军。沙碛人愁月,山城犬吠云。别家逢逼岁,出塞独离群。发到阳关白,书今远报君。
>
> ——《岁暮碛外寄元挍》
>
> 一身从远使,万里向安西。汉月垂乡泪,胡沙费马蹄。寻河愁地尽,过碛觉天低。送子军中饮,家书醉里题。
>
> ——《碛西头送李判官入京》

那首著名的《逢入京使》,也似此期所作:

> 故园东望路漫漫,双袖龙钟泪不干。马上相逢无纸笔,凭君传语报平安。

岑参之外,其他唐代诗人所写与安西相关的诗篇,为数不少,内容几乎全都是送人之作。如高适《送李侍御赴安西》:

> 行子对飞蓬,金鞭指铁骢。功名万里外,心事一杯中。虏障燕支北,秦城太白东。离魂莫惆怅,看取宝刀雄。

《送裴别将之安西》:

> 绝域眇难跻,悠然信马蹄。风尘惊跋涉,摇落怨睽携。地出流沙外,天长甲子西。少年无不可,行矣莫凄凄。

如王维《送刘司直赴安西》:

> 绝域阳关道,胡沙与塞尘。三春时有雁,万里少行人。苜蓿随天马,蒲桃逐汉臣。当令外国惧,不敢觅和亲。

如卢象《送赵都护赴安西》:

下客候旌麾，元戎复在斯。门开都护府，兵动羽林儿。黠虏多翻覆，谋臣有别离。智同天所授，恩共日相随。汉使开宾幕，胡笳送酒卮。风霜迎马首，雨雪事鱼丽。上策应无战，深情属《载驰》。不应行万里，明主寄安危。

如钱起《送屈突司马充安西书记》：

制胜三军劲，澄清万里余。星飞庞统骥，箭发鲁连书。海月低云旆，江霞入锦车。遥知太阿剑，计日斩鲸鱼。

如李端《送古之奇赴安西幕》：

畴昔十年兄，相逢五校营。今宵举杯酒，陇月见军城。堠火经阴绝，边人接晓行。殷勤送书记，强虏几时平。

杜甫也有送人赴安西的诗作。如《送韦书记赴安西》：

夫子欻通贵，云泥相望悬。白头无藉在，朱绂有哀怜。书记赴三捷，公车留二年。欲浮江海去，此别意苍然。

杜甫还有一首送安西都护高仙芝的诗，题为《高都护骢马行》，题下有注："高仙芝开元末为安西副都护。"

> 安西都护胡青骢,声价欻然来向东。此马临阵久无敌,与人一心成大功。功成惠养随所致,飘飘远自流沙至。雄姿未受伏枥恩,猛气犹思战场利。腕促蹄高如踏铁,交河几蹴曾冰裂。五花散作云满身,万里方看汗流血。长安壮儿不敢骑,走过掣电倾城知。青丝络头为君老,何由却出横门道。

此诗专写马,其实是写人,寄托了对高将军立功的期待。

李白也有一首《送程刘二侍御兼独孤判官赴安西幕府》,可能写于他供奉翰林的时候:

> 安西幕府多才雄,喧喧唯道三数公。绣衣貂裘明积雪,飞书走檄如飘风。朝辞明主出紫宫,银鞍送别金城空。天外飞霜下葱海,火旗云马生光彩。胡塞尘清计日归,汉家草绿遥相待。

由这许多送人赴安西的诗篇,可以想见安西在唐代军事地位的重要,也可以想见安西军中人才济济的盛况。库车城区西北12公里处,有一座挺立在荒漠上的克孜尔尕哈烽燧,有专家认为是唐代的遗存。烽燧高约13米,东西长6.5米,南北宽4.5米,夯土筑成。烽燧顶部有残留的木结构,应是望楼的遗存,可以想象当年安西都护府的将士们攀登其上的情景。克孜尔尕哈烽燧于2001年由国务院公布为全国重点文物保护单位,据说这是唯一被作为全国重点

克孜尔尕哈烽燧（"克孜尔尕哈"意为"红色哨卡"）

文物保护的单体烽燧。2014年，又作为"丝绸之路：长安—天山廊道的路网"中的一处遗址点成功列入《世界遗产名录》。

特别值得一提的，是李白《江西送友人之罗浮》诗中有"乡关渺安西，流浪将何之"的诗句，"安西"所指，应是他祖上的流寓之地碎叶。随着李白诗句，我们将考察的目光沿着丝绸之路向更西方向延伸，就到了葱岭那边的吉尔吉斯斯坦。

九 吉尔吉斯斯坦

乃知兵者是凶器,圣人不得已而用之
西天山与怛逻斯古战场

丝绸之路西出国境后,分别延伸到今哈萨克斯坦和吉尔吉斯斯坦(以下或简称"吉国")等中亚国家。哈萨克斯坦在北,与我国新疆的伊犁地区接壤;吉国在南,与我国新疆的喀什地区及克孜勒柯克尔克孜自治州接壤。然而,哈萨克斯坦与唐诗似无直接关系,所以,我只需考察吉国就是了。事有凑巧,2015年10月,"李白与丝绸之路国际学术研讨会"在吉国首都比什凯克的吉尔吉斯斯坦民族大学召开,我因而意外地得到一次前往吉国的机会,当时想,这真是天从人愿!

10月12日清晨8点,相当于乌鲁木齐当地时间清晨6点,我们乘坐的南方航空公司班机在清冽的黎明中腾空而起,向西南方向的吉国首都比什凯克飞去。虽然跨越了国度,但空中距离并不遥远，飞行时间大约 2 小时。从升空开始，直到临落地前，我们一直在西天山的上空飞行。日出时分，飞到葱岭，即《大唐西域记》记载的凌山。机翼下，无边无际的冰峰雪岭充塞了天地上下，我感觉似乎进入了宇宙初开的时空。旭日的光芒照射在座座冰山的峰巅，冰山戴上了金光灿灿的冠盖，与满天朝霞相辉映，景色无比奇丽壮观。我兴奋难抑，口占成一首七绝："凌山万仞入苍穹，匝地群峰冰雪封。我自乘风云外过，朝霞喷出满天红。"

雪山过尽，已经进入吉国，机翼下出现了连片的草原湿地和林木河流，空中俯瞰的印象，这是一个自然环境不错的国家。落地的比什凯克机场，沿用着"伏龙芝"旧名，令人联想起著名的伏龙芝军事学院和那个消逝了的时代。出了机场，我们并没有进入市区，而是按既定日程，驱车前往吉国西北部的塔拉斯州。汽车先在楚河州行驶，中途停在一个小镇休息，路边有个农贸市场，与国内西北地区乡镇常见的市场几乎没有一点差别。又遇到两位东干族老人在路边聊天，讲着西北地区回族所操的汉语，听来十分亲切。东干人是光绪三年（1877）年随陕西回民起义首领白彦虎迁徙到吉国的陕西回民，现有六七万人，在吉国算第三大民族。

下午，我们翻越了海拔 3000 米的阿拉套山。阿拉套山是西天山的一段，横亘在吉国中部。汽车在崎岖的山路上越爬越高，还穿过了一条顶部封闭的"风雪走廊"。到达山顶时，阴云密布，寒风呼啸，我们下车匆匆拍照，在风中几乎站立不稳。翻过山后，就到了塔拉斯州，草色连天，遍地是放牧的牛羊。夜里住宿的宾

九　吉尔吉斯斯坦

东干老人

农贸市场

从长安到天山

阿拉套山

阿拉套山的冰雪走廊

九 吉尔吉斯斯坦

馆,是一处平房院落,简朴得像农家院。次日,塔拉斯州的女州长在办公室会见了我们这个小小的学术访问团,州长说:"我们坐在一起,像一家人一样,分辨不出主人和客人。"州长的话提示我们注意到,吉尔吉斯族人的外貌确实与汉族人十分接近。居住在我国的柯尔克孜族,与吉尔吉斯族属同一民族,只是译名略有不同罢了。

这天我们沿着天山西行,访问了吉国著名作家艾特玛托夫的故乡。站在原野上向南眺望,逶迤的山势渐渐平缓下来,已经差不多走到了西天山的尽头。折返途中,在一位吉国女历史学家陪同下,我们考察了怛逻斯古战场。这是一片望不到边际的荒原,地面上并

塔拉斯州政府

没有任何古战场的遗存。深秋季节,稀疏的草木已经枯黄,南方天际是平缓的天山山脉,原野向北方延展则通向哈萨克斯坦。《资治通鉴》记载,天宝九载十二月,安西四镇节度使高仙芝诈称与石国(其地大约相当于今乌兹别克斯坦塔什干一带)约和,尔后突然袭击,"虏其王及部众以归,悉杀其老弱",又"掠得瑟瑟(碧珠)十余斛,黄金五六橐驼"。次年入朝时,高仙芝将俘虏的石国国王献于朝廷之上。逃脱的石国王子为了报仇,引来大食国攻打四镇。高仙芝率领三万军队深入七百余里(唐里),至怛逻斯城,与大食军相遇。双方的战斗延续了五天,结果"仙芝大败,士卒死亡略尽,所余才数千人"。用历史的眼光研究战争,有人会致力于史实的还

怛逻斯古战场

九　吉尔吉斯斯坦

原，有人会着眼于战争双方正义或非正义的评判，但诗人往往超越具体战事，站在人道主义立场上表达自己的战争观。诗人李白有一首《战城南》：

> 去年战，桑干源；今年战，葱河道。洗兵条支海上波，放马天山雪中草。万里长征战，三军尽衰老。匈奴以杀戮为耕作，古来惟见白骨黄沙田。秦家筑城备胡处，汉家还有烽火燃。烽火燃不息，征战无已时。野战格斗死，败马号鸣向天悲。乌鸢啄人肠，衔飞上挂枯树枝。士卒涂草莽，将军空尔为。乃知兵者是凶器，圣人不得已而用之。

"桑干源"在东北，"葱河""条支""天山"都在西北，诗人的关注点显然侧重于西北边地的战争。诗歌虽然并不特指哪场战争，但就诗的概括意义来说，怛逻斯之战也包括在其中了。战争总是残酷的，总是要以牺牲人的生命为代价。《老子》第三十一章有这样几句话："兵者，不祥之器，非君子之器，不得已而用之。"李白诗结尾两句正是由此化出。杜甫在《洗兵马》诗中也写道："安得壮士挽天河，净洗甲兵长不用。"他们不希望发生任何战争，希望"战争"这个怪物在人间永远消失，这就是他们具有终极意义的战争观。

过了一年，我到西安参观大明宫遗址公园，看到公园入口处有一块大明宫丝绸之路申遗专题陈列展版，显示丝绸之路东段从长安

（以及洛阳）起始，终点正是吉尔吉斯斯坦的塔拉斯河谷。我不禁暗自庆幸：去年，我走到了塔拉斯！

胡风略地烧连山，碎叶孤城未下关

碎　叶

从塔拉斯州返回，我们来到比什凯克。汽车在蒙蒙细雨中进入市区，城市的建筑和街道就像掩映在一座树木葱茏的大公园里。我们经过的街道，没有见到一座高层建筑，也没有见到一处高架桥。城市完全融汇于大自然中，呼吸着清新的空气，令人心情十分舒畅。

在比什凯克，吉尔吉斯斯坦民族大学做东道主，召开了"李白与丝绸之路国际学术研讨会"。会议之所以将"李白"作为关键词，是因为李白的出生地碎叶在吉国。这是当下学术界的主流看法。我在这里简要说说将李白出生地判定为碎叶的理由。李白在至德二载（757）写过一篇《为宋中丞自荐表》，自述"年五十有七"，由此推算，他出生于长安元年（701）是确定无疑的。关于他的家世，有两条原始记载：一是李阳冰《草堂集序》，谓"中叶非罪，谪居条支"，"神龙之始，逃归于蜀"；一是范传正《唐左拾遗翰林学士李公新墓碑》，谓"隋末多难，一房被窜于碎叶"，"神龙初，潜还广汉"。这两条资料都出自李白口述，都说到他的先世曾流寓西域，其内容其实可以互证：就年代而言，"中叶"具体来说就是"隋末"；

九 吉尔吉斯斯坦

就地点而言,"条支"是一个泛指西域的大概念,碎叶则是西域的一个具体地名,换句话说,碎叶包含在条支之中。我给会议提交的论文题为《条支与碎叶》,就是讲这个问题的。至于"神龙之始"与"神龙初",所指都是神龙元年(705),因为神龙三年九月即改元景龙了。李白家族回到蜀地的神龙元年,他已经五岁了,所以,碎叶是他的出生地。至于将李白出生地判为蜀中的江油,也自有其理由,此不备述。

碎叶在哪里?《新唐书·西域列传》记载,贞观二十一年(647)朝廷设立由安西都护统辖的"安西四镇",碎叶为"四镇"之一。关于碎叶的具体位置,张广达在《北京大学学报》1979年第5期

碎叶古城遗址

古城遗址外的牧场

发表《碎叶城今地考》一文,考得唐代的碎叶城故址即今吉国境内托克马克西南8—10公里处的阿克·贝希姆废城。1982年,此地出土一尊佛像,其基座的题铭部分有"安西副都护碎叶镇压十姓使上柱国杜怀宝"字样。专家考证,杜怀宝所造佛像的树立时间是唐高宗调露元年(679)至武则天垂拱二年(686)之间。这就使张广达的考证获得了有力证据。因为碎叶是李白出生地,李白成了联结中、吉两国和两国人民的一条精神纽带,吉国出现了持续的"李白热"。前些年,新疆师范大学与吉尔吉斯斯坦民族大学在比什凯克合作创办了孔子学院,两国文化教育方面的联络和交流更加频繁起来。这次学术会议的会务工作事实上就是孔子学院承

九 吉尔吉斯斯坦

担的。开幕式上,吉国小学生用汉语朗诵了李白《静夜思》,听者无不动容,真切感受到李白在吉国民众中的影响,也感受到吉国民众对李白的感情。

我们来到比什凯克当天,最大的收获是进了一家古董店,看到一件稀世珍宝。这家古董店的主人名叫卡梅舍夫·阿列克·米哈伊洛维奇,是位历史学副博士。他收藏了一枚唐代官员随身佩带的龟符。这枚龟符是 2006 年在碎叶城遗址城墙外出土的,铜质,长 4.2 厘米,宽度是长度的一半,厚约 0.5 厘米,龟符由盖和底两部分合成,盖上是龟背花纹,底部有阴刻文字"左豹韬卫翙府右郎将员外置石沙陁"。中国人民大学国学院孟宪实教授撰有专文(《唐碎叶故城出土"石沙陁龟符"初探》,刊于《西域文史》第 10 辑,科学出版社 2015 年)考证这件龟符,认定石沙陁的龟符产生于武周时代(690—705),石沙陁是来自石国的蕃将,担任唐朝的军官。龟符的出土,是继杜怀宝造像之后又一件确认碎叶城故址的珍贵资料。

龟符底

从长安到天山

学术研讨结束的当天下午,与会人员即奔赴位于比什凯克以东的碎叶古城遗址,考察李白出生地。汽车沿着楚河行进,途中经过托克马克,稍作停留。这一路没有看到任何关于碎叶古城的标志物,直到黄昏时分接近古城遗址时,看到路边树立着一个小黑板似的蓝色铁牌,据说是给访客准备的留言板。大家怀着虔敬的心情,用黑色签名笔写下了自己的名字。荒野间没有固定的道路,爬上一段缓坡,就到了碎叶城下。往上看,古城遗址高高隆起,轮廓十分明显。我们停下脚步,排列成一队,举行了简短的祭奠仪式。新疆师范大学的学者带了几瓶印有李白头像商标的白云边酒,大家用纸

楚河

九　吉尔吉斯斯坦

碎叶城下祭诗仙

杯斟了酒，高高托举起来，有人带头高呼："太白先生，我们看你来了！"众人齐声响应，纷纷将杯中美酒浇在碎叶城下的草间，又把杯中剩下的酒仰头一饮而尽。这一刻，令人眼眶不禁湿润起来。登上遗址，眼前是一片高低起伏的断垣残壁，只能凭借想象去复原这座唐代军事重镇的面貌。一些形制比较方正的墙垣，据介绍是当年日、俄考古人员留下的探查遗迹。眺望远方，原野上散布着星星点点的马群，一派田园牧歌景象。已是斜阳西下时分，随队的中国旅行社驻吉国总代理姬先生高声倡议道："按照当地风俗，我们要鸣枪唤醒李太白的英灵！"说着从腰间拔出一把小巧的手枪。由于我年龄最长，大家一致推举我打第一枪。这是我生平第一次放真枪，万没想到竟然是在碎叶古城！接着，葛景春先生及一位考古学家打响了第二枪、第三枪,清脆的枪声在古城遗址的上空回荡,把我们的考察活动推向了高潮,太白有灵,也一定被这枪声唤醒了!披着暮色,我们一步一回首地离开碎叶古城遗址,结束了这次终生难忘的考察。

碎叶城在《大唐西域记》中称为素叶水城,"城周六七里,诸国商胡杂居也",当时是相当繁华的,规模也不算小。史料记载,唐高宗调露元年(679)裴行俭征讨西突厥,以安西都护王方翼为副,战事结束后裴行俭军还,留王方翼筑碎叶城,"立四面十二门,皆屈曲作隐伏出没之状,五旬而毕,西域诸胡竞来观之,因献方物"(见《旧唐书·王方翼列传》)。前引胡可先《骆宾王从军西域事辨证》一文认为,骆宾王随裴行俭西征,后来又留在碎叶,在王方翼军中继续供职,期间作有《在军中赠先还知己》:

> 蓬转俱行役,瓜时独未还。魂迷金阙路,望断玉门关。献凯多惭霍,论封几谢班。风尘催白首,岁月损红颜。落雁低秋塞,惊凫起暝湾。胡霜如剑锷,汉月似刀环。别后边庭树,相思几度攀。

有朋友先回长安了,骆宾王仍在军中,作了这首诗为他送行。他还作有一首很长的《久戍边城有怀京邑》,诗中有"春去荣华尽,年来岁月芜"的句子,说明骆宾王在碎叶已经进入了第二年。薛宗正先生在《北庭历史文化研究——伊、西、庭三州及唐属西突厥左厢

九 吉尔吉斯斯坦

部落》一书（上海古籍出版社 2010 年）中已将骆宾王这两首诗判为碎叶之作，胡文肯定了薛宗正说法的合理性。

目前已知的其他唐代诗人都没有到过碎叶，但碎叶作为西域边地重镇的代名词，却屡屡出现在诗人笔下。盛唐著名诗人王昌龄有首《从军行》，写出征将军的威武，即以碎叶城为背景：

> 胡瓶落膊紫薄汗，碎叶城西秋月团。明敕星驰封宝剑，辞君一夜取楼兰。

大历诗人戎昱有首《塞上曲》，凭借想象把碎叶将军写得活灵活现：

> 胡风略地烧连山，碎叶孤城未下关。山头烽子声声叫，知是将军夜猎还。

碎叶军镇存在了一个多世纪。"安史之乱"后唐朝廷失去对西域的控制，碎叶所在的地域沦为吐蕃的势力范围。但是，碎叶作为西域边地重镇的一个代名词，仍然在唐诗中出现。如晚唐诗人张乔《赠边将》诗就有"翻师平碎叶，掠地取交河"的句子。诗人笔下的西域地名，一般都是具有象征意义的概念，而非实指，这是唐诗中一个规律性的现象。

侧闻阴山胡儿语,西头热海水如煮

热 海

傍晚,我们离开碎叶古城遗址,汽车继续向东开去,当天的目的地是伊塞克湖,也就是唐代著名边塞诗人岑参诗中写到的"热海"。大约当地时间晚10时许,到达湖边一个叫作彩虹宾馆的度假村。夜间看不清周围的景色,只觉得空气格外清新,而且很湿润。脚下踩着野花丛中的小路,走近一排二层楼,底层就是我们住宿的客房。次日清晨出门,才发现我们置身于一座大花园里,花园又在一片白桦林中,园内分布着一座座别墅式小院落,由于旅游季节已过,小院都上了锁。花园和白桦林连着宽广的沙滩,沙滩一直通向湖边。

湖边客房

九 吉尔吉斯斯坦

水天一色

　　湖面一望无际,像大海一样浩渺。水波十分平静,东边天际的早霞映照着湖水,霞光红得发紫甚至发黑,像挂在水天之间一幅巨大的油画,绚烂而浓重的色彩令人心醉。我们踏着木栈道向湖心走去,已经走出很远,其实还在湖边。环顾四周,西面和南面都是巍峨的雪山,使人意识到自己面对的是一个高山湖泊。资料介绍,伊塞克湖海拔高度1600余米,东西长约180公里,南北最宽处约60公里,面积6236平方公里,湖水最深处达702米,是世界上最深的湖泊之一。湖水深水区始终保持4摄氏度的恒温,即使冬季气温降到零下15摄氏度,湖水也不封冻,所以又名"热海"。

　　这天,我们又沿着湖岸来到一个名为"精神家园"的地方,这是一个游乐休闲的大公园，园内散布着许多精美的人物雕塑，湖上有游艇，人文与自然景观交相辉映，风光旖旎多姿。我们遇到许多当地的游人，其中有一对新婚的年轻人，他们都在尽情地享受大自然的恩赐。

热海在《大唐西域记》中有记载，称作大清池，"周千余里，东西长，南北狭，四面负山，众流交凑，色带青黑，味兼咸苦。洪涛浩汗，惊波汩㶖"，与我们见到的景色基本一致。热海的名字，还曾出现在岑参诗中，即《热海行送崔侍御还京》：

> 侧闻阴山胡儿语，西头热海水如煮。海上众鸟不敢飞，中有鲤鱼长且肥。岸傍青草常不歇，空中白雪遥旋灭。蒸沙烁石燃虏云，沸浪炎波煎汉月。阴火潜烧天地炉，何事偏烘西一隅？势吞月窟侵太白，气连赤坂通单于。送君一醉天山郭，正见夕阳海边落。柏台霜威寒逼人，热海炎气为之薄。

诗中的热海，其实是为了衬托及称美崔侍御而写，所以，极尽铺排夸张之能事，甚至荒诞不经。但诗人在开头一句就说了："侧闻阴山胡儿语"，他明言自己并没有亲见热海，诗中所写都是听来的，所以，他并不为诗中写景的真实性负责。一首《热海行送崔侍御还京》，大大扩展了唐诗的表现范围，也使我们寻找唐诗的足迹延展到了丝绸之路西端遥远的地方。

九　吉尔吉斯斯坦

湖、天、沙岸

后　记

　　这本书动手写作之初，即确定了两条原则：一是图文并重，二是所有图片尽可能要亲自拍摄，所以，必须进行一系列实地考察。幸运的是，新疆师范大学西域文史研究中心批准将本书的写作以"丝绸之路与唐诗"为题立项，给予了一定数额的研究经费，实地考察活动因而得以顺利进行。西域文史研究中心是当年朱玉麒教授与我一起创建起来的，在我来说，算是得到了回报，因而我对她心怀感激。项目进行期间，陕西师范大学刘锋焘教授又将其列为他所主持的一项国家社科基金重大项目的子课题，给予了支持。除此之外，数年间，各地友人给了我许多帮助，兹列出诸位尊姓大名，以志谢忱：西安樊明生、徐爽，天水李吉定，兰州多洛肯，呼和浩特高建新，张掖曾贤兆，乌鲁木齐胥惠民、周珊、吴华峰、史国强，巴里坤柯发虎，吉木萨尔罗瑜、马生岩、胡涛，吐鲁番张勇，库尔勒王正锋，海口海滨，北京朱玉麒、孟宪实、李肖、郭物、刘子凡，等等。如有遗漏，敬祈海涵！

后 记

  由于书中图片是实地考察过程中自己拍摄（其中一些是友人提供），限于时间、器材及技术，有些照片的质量欠佳，但又不可能再做第二次考察以补救，所以，在告知读者的同时，我的想法是差则差矣，聊胜于无，姑且将这些照片视为表现一种"朦胧美"可矣！不是有"模糊数学"吗？这也算"模糊美学"，或许可以给读者留下更多的想象空间。话虽这样说，仍祈读者谅解。

  本书的创意出自责编徐迈，书名也是她确定的，我只是把她的想法变成了文字和图片，特郑重记之。

2020 年 6 月于北京城东八里桥